Carta a um escritor latino-americano

LEO MASLÍAH

CARTAS A UM ESCRITOR LATINO-AMERICANO E OUTROS INSULTOS

TRADUÇÃO

DEMÉTRIO XAVIER e FABIO B. PINTO

coragem

PORTO ALEGRE

2025

www.editoracoragem.com.br
contato@editoracoragem.com.br
(51) 98014.2709

Título original: *Carta a un escritor latinoamericano y otros insultos.*
Este livro contém uma seleção parcial dos contos originais.

Projeto editorial: Thomás Daniel Vieira.
Coordenação: Camila Costa Silva.
Capa: Tomás Culleton.
Preparação e revisão de texto: Laura Rossini dos Santos.

Porto Alegre, Rio Grande do Sul.
Outono de 2025.

Dados Internacionais de Catalogação na Publicação (CIP)

M397c Maslíah, Leo
Carta a um escritor latino-americano e outros insultos / Leo Maslíah; tradução: Demétrio Xavier e Fabio B. Pinto. – Porto Alegre: Coragem, 2025.
144 p. : il.

Título original: Carta a un escritor latinoamericano y otros insultos
ISBN: 978-65-85243-48-3

1. Contos – Literatura uruguaia. 2. Literatura uruguaia. 3. Literatura latino-americana. 4. Contos. I. Xavier, Demétrio. II. Pinto, Fabio B. III. Título.

CDU: 860(899)-34

Bibliotecária responsável: Jacira Gil Bernardes – CRB 10/463

Ministerio de Educación y Cultura URUGUAY | Dirección Nacional de Cultura | Uruguay XXI PROMOCIÓN DE INVERSIONES, EXPORTACIONES E IMAGEN PAÍS

Esta publicação foi viabilizada através do **programa IDA** do Uruguay XXI e a Diretoria Nacional de Cultura. Trata-se de uma iniciativa no intuito de promover a exportação de literatura contemporânea uruguaia apoiando a tradução, promoção e divulgação de obras de autores uruguaios.

Sumário

CARTA A UM ESCRITOR LATINO-AMERICANO

Querido escritor latino-americano:

Vimos acompanhando tua carreira durante as últimas décadas e temos algo importante para comunicar-te. Estamos certos de que será proveitoso não apenas para ti e para os teus, mas também para a manutenção do são equilíbrio existente no rico espectro de formas, gêneros e estilos que articulam o vasto mundo da literatura. Sabemos que tens talento, mas cuidado! Usa-o com tato. Não tentes incursionar em papéis que não te tenham sido atribuídos.

Não vanguardizes, porque te boicotaremos. Não avalizaremos tuas invenções. Deves usar teus dons na área de aplicar as técnicas poéticas e narrativas que nossos escritores consagraram como válidas. Só que eles se valeram dessas ferramentas para descrever a nossa realidade e tu deves descrever a tua. Há por aqui um grupo de intelectuais que assumem, em nome de toda a Europa Ocidental, a culpa que ela tem de que em teu país as pessoas vivam tão mal. E essa gente precisa de documentação. Precisa de testemunhos diretos das atrocidades que a colonização e o Imperialismo, ao longo dos séculos e a cargo de sucessivas metrópoles, cometeram em tua terra. E necessitam que esses testemunhos estejam bem escritos, para demonstrar sua tese de que os latino-americanos não são criaturas inferiores, anormais bastardos nascidos ilegitimamente do cruzamento de espécies não-compatíveis (a cultura metropolitana e a autóctone, com enxertos daquelas outras transplantadas da África à força). É que o clima tropical os faz ser um pouco mais lerdos — e, bem, na economia de mercado quem não corre, morre. Então, trata de escrever bem, idiota[1]. Escreve coisas que nós possamos entender. Cor local sim, podes por toda a que quiseres, giros idiomáticos característicos, vozes indígenas, porque já sabes aquilo de "pinta tua aldeia e pintarás o mundo". Mas pinta-o com o pincel que nós te damos. Só assim te faremos sair com boa crítica no Le Monde e na Cambio 16. Se escreves coisas estranhas, nós não vamos nos esforçar nem o mínimo para decifrá-las e teus conterrâneos, ainda que vejam nelas qualidades, também farão vista grossa a elas e vão desconfiar, porque não vão estar seguros de que são boas, a menos que nós assim decretemos[2]. Te avisamos de novo: porta-te bem. Tens que ser a voz da consciência culpada da Europa. Se nos dás ouvidos, te prometemos para sempre um lugar lá embaixo na nossa lista dos mais vendidos e te levaremos a passear de uma cidade a outra do primeiro mundo, para que dês palestras sobre tua literatura e as desgraças da tua gente.

1. Às vezes recompensamos esses esforços com o prêmio Nobel.

2. Há uma só exceção; uma única permissão foi concedida a um escritor do teu sub-continente, habilitando-o a ingressar no que chamamos "literatura universal" (ou literatura a sério ou grande literatura): Jorge Luis Borges. Mas te confidenciamos que isso se deve ao fato de que, para nós, ele é inglês.

E nas revistas literárias europeias, vão sair artigos sobre ti, escritos por nós. Reserva teu exemplar com antecedência.

Assinado: Associação de Críticos Literários da Europa e Tribunal de Geopolítica Literária.

FESTA À FANTASIA

A festa à fantasia havia sido convocada para às dez da noite e praticamente todos os convidados chegaram ao mesmo tempo, descendo dos automóveis que também estavam disfarçados para impedir a identificação de seus proprietários. O Ford "A" do Doutor Dalesius, por exemplo, havia sido caracterizado como um Fiat 600 e o Fiat 850 do Tabelião Riverino podia passar diante dos olhos mais clínicos como um Toyota Corolla. Os garçons também estavam fantasiados e, para não revelar sua identidade, mantinham ocultas todas as bandejas, os copos e as garrafas, com os quais, se não se tratasse de uma festa à fantasia, teriam servido os convidados.

E um convidado que havia tido a má ideia de comparecer fantasiado de garçom via-se obrigado a explicar a um após outro que não tinha comida em seu poder, que a apreciava e a estava procurando, tanto quanto qualquer outro.

— Perdão; o senhor não é o Ministro da Cultura? — perguntou a um homem fantasiado de livro um que se tinha disfarçado de disquete de 5 ¼, que estava de mão com uma mulher dissimulada sob o aspecto de um de 3 ½.

— Não — respondeu o da fantasia livresca, e acrescentou: — Vocês dois estão com a trava de proteção contra gravação desativada. Tenham cuidado, porque assim os convencerão de qualquer coisa.

Os dois disquetes seguiram caminhando pelo salão até que os deteve um indivíduo fantasiado de balança, que lhes perguntou se não eram, por acaso, o casal Silva-Massa. O disquete de 5 ¼ respondeu que sim e o de 3 ½ respondeu que não.

— Se cada um de vocês se colocar em um de meus pratos — sugeriu o do disfarce de balança — poderei determinar qual dos dois diz a verdade.

— Não acredito em ti — respondeu a do disquete de 3 ½. Tu não és uma balança de verdade; é apenas um disfarce.

A discussão foi interrompida por uma balbúrdia que vinha do jardim. Ao aproximar-se, viram que um ancião fantasiado de lenhador estava esquartejando a machadadas um menino que estava disfarçado de álamo. Mais atrás, um grupo de adolescentes fantasiados de panelas e outros utensílios de cozinha faziam ouvir seu ruidoso protesto, que não se dirigia à carnificina perpetrada pelo ancião, e sim à atitude de um homem, o qual dois dos adolescentes sustentavam fortemente pelo pescoço e pelos tornozelos, para impedi-lo de escapar. O cativo havia se fantasiado de convidado e ostentava em sua mão direita o cartão de convite. O protesto dos adolescentes fundava-se no fato de que, se esse homem havia se fantasiado de convidado, certamente não o era e, portanto, não tinha nada que fazer ali e devia ser expulso da festa. O homem se defendeu, dizendo que, apesar de não ser um convidado, tinha o direito de estar ali porque ele era o anfitrião, aquele que tinha enviado todos os convites.

O esclarecimento satisfez a todos e o grupo de panelas se dispersou. O Doutor Dalesius, que havia se disfarçado de professor,[3] aproximou-se do anfitrião e lhe disse um impropério. O outro afastou-se, desgostoso e foi brincar com a água da fonte que se erguia no meio do jardim. O Tabelião Riverino estava ali, assistindo nadar um convidado fantasiado de peixe acantopterígio.

— Essa água é potável — disse-lhe o anfitrião. — Pode beber, se desejar.

Mas o Tabelião Riverino não respondeu. Tinha se fantasiado de surdo.

---

3. O leitor interessado encontrará outras fabulosas aventuras do doutor Dalesius neste livro (ver "A orquestra do doutor Dalesius" e "Oficina literária") e também em *El animal que todos llevamos dentro* (Ediciones de la Flor, 1992), *El triple salto mortal* (Ediciones de la Flor, 1993), *La buena noticia* (Ediciones de la Flor, 1996, e Menosata, 2010) e/ou *La bolsa de basura* (Menosata, 2009).

TAL VEZ

Esta é uma história ao mesmo tempo singular e plural, porque, ainda que tenha sucedido várias vezes, todas estas ocorreram da mesma vez. O fato é que era uma vez outra vez, que certa vez a havia invadido. A primeira vez sentia-se bastante confusa com isso e às vezes sentia como se ela mesma fosse essas vezes. Outra vez sentiu-se como se fosse a mesma vez, sem saber se essa outra vez era a que a havia invadido, ou outra, ou se era ela a que havia invadido a outra, ou essa. E muitas vezes essa foi uma só vez, ainda que tenha havido uma vez em que foi muitas vezes. Mas muitas vezes foi difícil, para essa vez, entender se o que estava ocorrendo era só dessa vez ou lhe ocorria muitas vezes[4]. E a uma dessas

4. Meu professor de oficina literária aconselhou-me mais de uma vez que substituísse aqui "muitas vezes" por "com frequência" ou "amiúde", para não repetir tantas vezes a palavra "vezes". Como sempre se equivoca, não lhe dei importância, mas perguntei-me amiúde se, desta vez, não tinha razão. Estaria certo, talvez? Eu deveria colocar "amiúde", ao invés de "muitas vezes"? Pode ser, mas não tenho vontade de mudá-lo agora. Deixarei para outra vez. Não. Melhor fazer agora, assim me livro de uma vez desse problema, que me surge tão amiúde.

vezes, por sua vez, acontecia o mesmo algumas vezes. E o fato de que a dúvida aparecesse tantas vezes não fazia mais do que confundi-la, porque a induzia a pensar que era muitas vezes, enquanto que nas muitas vezes em que isso sucedia, como eram todas iguais, tendiam a pensar que eram uma só.

Era uma vez várias vezes[5].

5. De uma vez por todas.

ESCREVO ORAÇÕES DE CINCO PALAVRAS

Roberto consultou novamente seu relógio. Já eram quase seis horas. Valia a pena continuar esperando? Seguramente, havia surgido algum contratempo. Não havia como culpá-la disso. Elena queria conservar seu casamento. E Roberto não estava apaixonado. Elena era esposa de Jorge. Jorge era seu melhor amigo. Mas costumava sempre desprezar Elena. Por isso ela era infiel. Com Roberto, ela sentia-se formosa. Mas uma coisa estava clara. Esse deslize era algo passageiro. Não estava entre suas prioridades. Qualquer inconveniente doméstico podia postergá-lo. Talvez tivesse aparecido alguma visita. Ou Jorge hoje estivesse manhoso. Ou havia começado a suspeitar. Isso era muito pouco provável. Eles sempre tinham tomado precauções. Procuravam hoteis em zonas distantes. Usavam ao registrar-se nomes falsos. Entravam e saíam usando máscaras. Uma vez tinham sido detidos. Os haviam confundido com assaltantes. Eles falaram com o delegado. Revelaram os seus motivos secretos. Comovido, ele decidiu por liberá-los. Propôs-lhes então um acordo justo. Seu silêncio seria pagável mensalmente. Assim, a polícia não interviria. Elena e Roberto haviam aceitado. Pagavam um mês cada um. O mês corrente estava pago. Mas não haviam tido encontros. Era dinheiro gasto em vão. E agora Elena seguia demorando. Havia decaído, talvez, seu interesse? Roberto decidiu esperar meia hora. Se ela não viesse, adeus. Não a veria nunca mais. Para distrair-se, ligou a televisão. Estavam transmitindo um noticiário local. Informavam sobre acidentes de trânsito. Roberto reconheceu o Simca Rosa. Um caminhão o havia esmagado. A câmera mostrou os cadáveres. Elena tinha os olhos abertos. Parecia querer dizer "Roberto, perdoa-me. Hoje eu não poderei chegar." Ele deixou imediatamente o hotel. Foi ao local do acidente. A polícia isolara a área. Os paramédicos ensacavam os corpos. Roberto tratou de abrir caminho. Jorge já se encontrava ali. Estava chorando junto ao carro. Roberto transmitiu-lhe os seus pêsames. E tentou transmitir-lhe algum consolo. Os dois amigos se abraçaram. "Uma perda irreparável", disse Roberto. O outro concordou de imediato. Já não se fabricavam Simcas. E não se conseguiam peças.

A ORQUESTRA DO DOUTOR DALESIUS[6]

Ouvido absoluto: diz-se da capacidade que algumas pessoas têm de determinar, ao ouvir um som qualquer, qual é a nota musical cuja frequência lhe é mais próxima.

O concerto começou atendendo plenamente às expectativas do público quanto ao tempo utilizado pelos músicos para afinar seus instrumentos e para instalar-se comodamente diante, junto, sobre ou dentro deles. A primeira coisa a soar havia sido a boca do violinista, que não tinha ouvido absoluto, mas, sim, cordas vocais absolutas, de modo que cantava ele mesmo o "lá" que necessitava como referência para afinar. Em seguida, perguntou ao contrabaixista se a nota que cantava e a que tocava, na segunda corda, se pareciam em algo. Logo, um glissando do trombone foi varrendo sucessivamente uma infinidade de notas, entre as

6. O leitor interessado encontrará outras emocionantes peripécias deste personagem no presente livro (ver "Festa à fantasia") e também em outros, referidos na nota 1.

quais se encontravam as referências requeridas pelo resto dos executantes. O público, por uma feliz coincidência, estava composto em sua totalidade por pessoas providas de um sentido absoluto da vista, de modo que, em que pese a deficiente iluminação do teatro, nenhum espectador teve dificuldade em apreciar que a casaca do violinista era bege, a camisa do trombonista era bordô, a jaqueta do saxofonista era âmbar, o casaco do xilofonista era verde e a camisa-pólo do bandoneonista era carmín. A flautista, que tinha olfato absoluto, havia percebido já nos camarins que a violoncelista usava perfume Crazy de Krizia, que o violinista pusera Fleurs de Orlane, o trombonista Chanel número cinco, o saxofonista Pesadilla seis, o baterista La Muerte de Freddy e o contrabaixista estava há quatro dias sem banhar-se. O xilofonista, ainda que não fosse muito virtuoso no manejo de seu instrumento, tinha um sentido absoluto do pensamento (na cultura tradicional da Índia, o pensamento era considerado como um dos seis sentidos), de forma que podia saber, a qualquer momento e com relação a cada um dos espectadores, que nota se esperava que ele tocasse. Desse modo soube que, após as primeiras notas, as pessoas preferiam que se mantivesse calado. Exercitou então seu sentido do pensamento para determinar que a flautista era kantiana, o violinista heraclíteo, a violoncelista bolchevique, o trombonista gay, o saxofonista mormóm, o bandoneonista anarquista, o baterista quaker e o contrabaixista hippie. Este indivíduo, dotado de um sentido absoluto do tato, sabia que seu instrumento era de madeira. E ainda que o houvesse averiguado por outros meios, estava inteirado também de que suas cuecas eram de flanela, sua camiseta de algodão, suas meias de fibra sintética e o vestido da violoncelista de estopa italiana. Esta mulher, ainda que ninguém além dela o soubesse, estava dotada de paladar absoluto, mas um sentido (não inato e sim adquirido) do decoro, bastante acentuado, a impedia de andar por aí lambendo o resto da orquestra e os espectadores para obter informação sobre eles. Não pôde saber, tampouco, por que o concerto não era do gosto do público, nem qual era a causa de que este houvesse se dividido em dois grupos: os que deixavam a sala e os que ficavam, atirando tomates[7] na orquestra. O cronista de um importante meio da imprensa, em seu artigo, explicou isso dizendo que a obra executada "não tinha absolutamente nenhum sentido".

7. Não pela forma (já que ao se esborrachar contra as caras ficavam irreconhecíveis), mas pelo gosto, pôde essa intérprete averiguar que eram tomates.

ROTINAS PARA O TEMPO LIVRE

Quanto tenho algum tempo livre, costumo dedicá-lo aos desígnios da sorte. Empreendo um passeio cuja direção vai se modificando de acordo com algum critério como, por exemplo, olhar o último algarismo da placa do último carro que se encontra estacionado junto a qualquer das calçadas da quadra em que estou. Suponhamos que sinto uma ligeira preferência por continuar meu caminho em linha reta por essa rua. Então, se o último algarismo da placa é entre zero e três, continuo por essa rua. Se o algarismo for entre o quatro e o seis, dobro à esquerda. E se for entre o sete e o nove, dobro à direita. É claro que acontece mais de uma vez de eu dar a volta na quadra, chegando assim ao meu ponto de partida (ou qualquer outra esquina do trajeto até então percorrido). Se isso acontece mais de uma vez, vale dizer, se o acaso me leva a passar mais de uma vez pela mesma quadra, pode ocorrer que os vizinhos me olhem com desconfiança. Para esses casos, disponho de várias rotinas. A que utilizo com mais frequência eu denomino "relação cabelo-sexo".

Essa rotina diversifica minha conduta mais do que a baseada nos números das placas. Aqui não há apenas três condutas possíveis e, sim, cinco. De fato: se a primeira pessoa visível (para mim) na quadra é loira ou ruiva e é mulher, procuro nessa quadra uma banca de revistas. Se houver, compro alguma guloseima e fico dispensado de seguir dando a volta na quadra, pela mesma rua (tenho outras rotinas para o caso de que essa rua termine na esquina, que no entanto excedem o propósito do presente trabalho.) Se não há nenhuma banca, toco a campainha da primeira casa cuja porta seja de cor marrom e, se me atendem, pergunto pelo Doutor Magurno. Se não me atendem, finjo que desmaio e espero que algum bom vizinho chame uma ambulância que me traslade a outro lugar (para começar outro caminho com regras idênticas a partir dali, assim que me derem alta dizendo-me que talvez tenha sido apenas uma momentânea queda de pressão), ou até que chova, caso em que me atribuo intimamente a obrigação de voltar para casa e olhar por duas horas a televisão, sem acendê-la. Se me atendem e me dizem que ali não há nenhum Doutor Magurno, fico habilitado para dobrar na esquina seguinte em direção contrária à do meu giro anterior (o que me levou de volta ao mesmo lugar). Note-se que, em ambos os casos (tanto recorrendo à banca de revistas como tocando a campainha da casa), minha conduta frente aos curiosos fica explicada dentro dos cânones habituais da civilização, já que podem pensar "o cara tinha ido embora, mas voltou porque teve desejo de guloseimas" ou "o cara estava procurando o número da porta e não encontrava".

Se não há nenhuma casa de porta marrom, ou se nessa quadra há somente edifícios, começo a caminhar pela mesma rua, mas em sentido contrário, ficando liberado da quadra viciosa (denomino assim as que, pela numeração das placas dos carros e por tratar-se de carros abandonados que podem passar dias no mesmo lugar, forçam-me a um loop ou "giro" difícil de escapar.

Prossigo com a minha explicação. Se a primeira pessoa visível da quadra é loira ou ruiva e é homem, desço da calçada e danço o "Apolo" de Stravinsky, seguindo a coreografia de Constantin Mikhaikov. Isso também pode ser assimilado pelos curiosos como uma conduta civilizada, já que toda civilização gera seus tipos particulares de loucura e, se chamarem uma ambulância para trancar-me em um hospício, tanto melhor, uma vez que não já não precisarei recorrer a artifícios casuais para saber o que tenho que fazer: haverá enfermeiros que me instruam sobre as rotinas a seguir todos os dias e todas as horas. Mas, se ninguém me interna, ao finalizar a coreografia, dou por terminado meu passeio e vou à casa de minha tia Zephir tomar chá e conversar sobre trivialidades.

Se a primeira pessoa visível tem cabelo preto ou castanho e é mulher, pego um ônibus que pare nessa quadra, ou, na falta de um, um táxi, e desço depois de um percurso de doze quadras (ou treze, se a quadra número doze, maldição, não tem parada). Se não passam ônibus nem táxis, peço carona. E se ninguém para, dirijo-me à quadra seguinte arrastando-me (se alguém me interroga sobre o motivo, minto, dizendo-lhe que se trata de uma promessa religiosa, de modo a permitir-lhe, também neste caso, enquadrar minha conduta dentro de parâmetros civilizados). Se a primeira pessoa visível é de cabelo preto ou castanho e é homem, perco a memória e o que fizer daí em diante dependerá dos conselhos de quem me socorrer, ou das regras de conduta de que me dote a mim mesmo a partir de então (recorri aos ofícios de um hipnotizador para que me induzisse, se este caso se apresentasse, a uma amnésia total). Se a primeira pessoa visível é grisalha, calva ou se não há ninguém visível, aproveito para tentar roubar, no comércio ou na casa que me parecer mais desprotegida. Mas, uma vez feita a apropriação do alheio, o coloco na calçada e tento chamar a atenção de algum morador da quadra, dizendo que alguém queria roubar e, quando o surpreendi, fugiu. Deste modo, às vezes percebo recompensas nada desprezíveis. E se me surpreendem com o objeto roubado antes de tê-lo posto na calçada, tanto melhor, porque daí em diante serão a polícia e o Poder Judiciário quem indicará qual será o modo como devo usar meu tempo livre. Para finalizar, e sem querer exasperar o leitor com detalhes que advenham dos casos não contemplados no aqui exposto, ou com o resto do meu repertório de rotinas, direi que, no caso de tocar campainha em uma casa perguntando pelo Doutor Magurno, se chegam a responder "sim, já vem", planejo suicidar-me. Mas é tão improvável esta circunstância que estou certo de chegar a viver muitos anos mais, aproveitando plenamente meu tempo livre, em perfeita harmonia com o mundo civilizado.

DIZERES[8]

Outro dia minha mulher me disse algo de que não gostei. Disse que eu lhe havia dito uma coisa que eu jamais diria, nem a ela nem a ninguém. Porque o que eu havia lhe dito era outra coisa, eu lhe dissera: "Me diz: o que foi que eu te disse? Podes me dizer o que eu te disse?" E eu não me lembrava do que havia lhe dito, mas ela pensou que eu dizia isso como repreensão e então me disse: "O que estás dizendo! Escuta um pouquinho o que estás dizendo!" Então eu lhe disse: "E o que estou te dizendo, se não te disse nada?" E ela ficou muda, sem dizer nada. Ao que eu lhe disse "Me diz alguma coisa, por favor." Ela seguiu calada e eu lhe disse: "Não me digas que não vais dizer mais nada". E ela não disse que não iria dizer mais nada, mas tampouco disse nada mais. E eu lhe perguntei: "Não dizes nada?" E, como não dizia nada, eu lhe disse: "O que foi que eu te disse? Te disse que não ias dizer mais nada." E aí ela me disse que não ia dizer nada mais do que o que estava dizendo naquele momento. E eu, cético, lhe disse: "Não me digas." E ela me disse de

8. Fragmento da peça teatral *Tres idiotas em busca de uma imbecil.*

novo. Então eu lhe disse que ela, ao dizer de novo que não diria nada, se contradizia, e ela me disse: "Por quê? O que eu disse?" E eu lhe disse o que ela havia dito, mas ela pensou que isso era algo que eu estava dizendo a ela e me disse coisas que ninguém pode me dizer. Eu, para assegurar-me do que me havia dito, lhe disse: "O que queres dizer?" E ela, com outras palavras, me disse o mesmo. E em seguida, me disse também: "Vês como não me contradigo? Te disse o mesmo que recém te havia dito". E eu lhe disse: "Mas me diz uma coisa: o que estás dizendo? Porque com isso não me dizes nada." "Então, se já sabes o que te digo, não me perguntes o que te disse", me disse ela. E eu lhe disse que não me dissesse isso. Ela me disse que está bem, que ia me dizer outra coisa. E foi então que me disse algo de que não gostei. Mas eu não lhe disse. Me abstive de dizê-lo, por uma questão de... não sei... como posso te dizer? É que há coisas que não se dizem. Digo eu, não? Isso eu digo, não sei. Sei que há um dito para dizer isso, mas eu não o sei dizer. Que que eu vou te dizer?

ROTAS

Estava em meu quarto[9], percorrendo-o em todas as direções[10]. Entediava-me como uma ostra[11] e me detive para falar ao telefone[12]. Liguei para Sara, mas deu ocupado[13]. Irritei-me e pus o fone no gancho com raiva[14]. Então, o

---

9. A edição de 1996 diz "minha peça".

10. A edição de 1996 diz "cumprindo todos os percursos possíveis de cada ponto de uma parede até seu homólogo em cada uma das outras três".

11. A edição de 1996 menciona outro molusco, não bivalvo, que não é micrófago e vive no Mediterrâneo.

12. Na edição de 1996 o protagonista se comunica por correio eletrônico.

13. Na edição de 1996, inicia-se aqui um prolongado intercâmbio epistolar.

14. Na edição de 1996, o narrador, contrariado pelo conteúdo da última carta de Sara (que na edição de 1995 se chama Margot), tira do armário um machado e o utiliza contra o computador.

telefone tocou[15]. Não era ninguém[16]. O que eu podia fazer?[17] Abri a janela[18] e saltei para fora[19]. Não lembro[20] de mais nada. Talvez isso seja a morte[21].

15. Na edição de 1996 o que soa é um rádio comunicador.

16. Na edição de 1996 a mensagem era de Sara e isso configura o início de uma reconciliação que culminará em um fecundo matrimônio, do qual nascerão primeiro Jeremias e María Josefa, que são gêmeos, e depois Matías, Victoria e a pequena Macarena, que rouba o resto do conto.

17. Na edição de 1996 ocorrem ao protagonista não menos de quinhentas possíveis ações.

18. Na edição de 1996 é um pequeno sótão.

19. Na edição de 1996, o protagonista não tem outra intenção além de ventilar um pouco o ambiente, carregado pelos eflúvios urinários dos pequenos seres que lotam o quarto.

20. A edição de 1996 inclui um suplemento (suprimido na presente edição) intitulado "Minhas memórias".

21. Na edição de 1996 o personagem vive mais sessenta anos, em paz e com saúde e chega a conhecer o primeiro de seus tataranetos.

APAGÃO

A escuridão não me preocupa. Preocupa-me a luz. A escuridão é somente a ausência de luz. Mas a ausência, sim, me preocupa. A preocupação, não. Me é indiferente. No entanto, a indiferença me preocupa muitíssimo. Considero-a uma atitude vergonhosa. Ainda que a vergonha não me preocupe. Antes, sim, me preocupava. Mas para mim dá no mesmo o antes e o depois; minha vida não é um processo tendente a nada. Por isso o nada não me tira o sono. O sono, ao contrário, é algo que me interessa. Às vezes fico toda a noite acordado, pensando nisso. Não chego a nenhuma conclusão, mas as conclusões me exasperam. Prefiro os pontos de partida. Não pela partida; pelos pontos. Sempre tento acumular pontos. Não pelos pontos em si; é pela acumulação. A acumulação entendida como uma coisa só, não como um acúmulo de outras. Os acúmulos, se eu pudesse, os desagregaria. As coisas têm que ir separadas; não juntas. Juntas formam outras coisas e isso traz complicações. Ainda que eu não tenha medo das complicações. O que me assusta é o simples. O simples não se sabe de onde sai; é aí que está o mistério. Ainda que os mistérios, por sorte, não me interessem. Interessa-me a sorte. Que desgraça. Porque a sorte sempre é escassa. E se eu dissesse que não me preocupa a escassez, mentiria. Mas mentir não me preocupa. Preocupa-me a verdade. Quando minto, não tenho problema; posso dizer qualquer coisa. Ainda que seja verdade, não importa, porque a digo de mentira. Mas quando falo com a verdade, tenho que andar com mais cuidado. Por via das dúvidas, nesses casos digo o mínimo possível. E depois me desdigo, assim cubro duas possibilidades. Mas não é que me queira cobrir. Eu faço tudo à intempérie. E se não há lua, melhor. Eu gosto da escuridão. (Da capo).

DESLOCAMENTOS

Existe uma ordem geral que abarca o universo inteiro; e tudo o que se afasta do lugar que lhe corresponde pode cair no âmbito de outro conjunto também ordenado; razão pela qual sempre fica dentro de um plano previsto; porque no reino da Providência nada acontece por acaso.

Boecio, *A consolação pela filosofia.*

— Creio ter lhe explicado com clareza que sua função aqui — disse o gerente do hotel Mignon — era conduzir os hóspedes a seus quartos e carregar sua bagagem até lá.

— Sim — disse o mensageiro, mostrando-se consternado —, mas me distraí. Juro que não vai se repetir.

— Claro que não vai. Porque quem leva a bagagem de Madame Bertoni não ao quarto dela, e sim à sua própria casa, é um ladrão e deve ser confinado em uma cadeia.

Dois policiais levaram o mensageiro e o encerraram em uma cela. Mas não havia ainda duas horas que estava preso quando viu que uma das grades se soltava (tanto por cima como por baixo) do marco ao qual estava estava soldada e iniciava uma estranha peregrinação ao corredor principal do estabelecimento. Em certo momento, o mensageiro a perdeu de vista, mas a grade seguiu seu caminho e, saindo da cadeia, entrou em um edifício residencial. Subiu a escada, lançou-se perpendicularmente à superfície de uma das portas, rebentando-a, e foi até o banheiro, onde se dispôs paralelamente à banheira, a pouco mais de um metro acima da borda desta, com cada um de seus extremos contra uma de duas paredes opostas. Dentro em pouco entrou no apartamento uma mulher, e quando viu o que havia no banheiro, ligou para o trabalho de seu marido para dizer como estava contente porque ele finalmente havia decidido instalar o varão que precisava para colocar a cortina do box. Ele não entendia do que ela estava falando e a conversação se prolongou por vários minutos sem que a mulher percebesse a desaparição do armário da cozinha, que se materializava no hall de um teatro poucos minutos antes de que seu elenco residente aparecesse para ensaiar a obra cuja estreia estava prevista para dali a duas semanas. Quando chegaram, a atriz que representava na obra o papel de Esther disse, alegremente:

— Que sorte! Trouxeram o resto do cenário.

O que nem ela nem o resto dos atores viu, foi que uma das poltronas da sala se elevava pelos ares e saía à rua pelo respirador que havia ao lado do palco. Pela direção em que se deslocava, qualquer um teria pensado que ia à marcenaria da esquina, talvez para ser consertada (o sobrepeso de um crítico teatral, na função da véspera, a havia avariado). Mas um pária que estava pedindo esmola sentado na calçada dessa quadra capturou a poltrona no ar e a usou para sentar-se. Uma das moedas que tinha em sua latinha, então, saltou e rodou em direção à rua. Ele saiu atrás dela, o que foi aproveitado pela poltrona para escapar. A moeda, por sua vez, já fora do alcance do pária, caiu por um bueiro e foi arrastada pelas águas até o mar, em cuja beira um turista que queria trocar o anzol de sua linha não conseguia encontrar sua maleta de pesca. E a razão era que esta não estava lá. Estava no quarto de Madame Bertoni, no hotel Mignon. E quando Madame entrou e a viu, chamou logo a gerência para queixar-se.

— Isto que me trouxeram não é minha bagagem — vociferou. — É uma suja coleção de vermezinhos. Que piada de mau gosto é esta?

O gerente foi despedido e passou a formar parte de um dos conjuntos mais consistentes, duráveis e organizados da sociedade: o dos desempregados.

A FUNÇÃO DA LITERATURA

Gaby abomina a literatura fantástica, esse gênero que a enche de inquietudes fúteis, inteirando-a de fatos falaciosos que postulam, ou uma física diferente da que rege o universo, ou uma distorção demasiado grosseira das estatísticas.

De Rabelais e de Swift opina que, sendo tão hábeis e engenhosos no dizer, é uma verdadeira pena que, ao invés de divagar, não nos tenham mostrado como era a vida real das pessoas em seus tempos.

De Poe e Maupassant pensa que, em vez de andar assustando as pessoas com criaturas e fatos sobrenaturais, por que não despertaram a sensibilidade de seus coetâneos sobre os horrores reais que os rodeavam (que não eram poucos)?

De Franz Kafka diz que deveria ter elevado seu grito de afogado em direção às máquinas estatais reais que oprimem o indivíduo e não a autoridades ocultas que exercem poderes incompreensíveis sobre sociedades fantasmais.

De Samuel Beckett pensa que o fato de viver em um mundo absurdo não justifica, nem como refúgio nem como vingança, inventar outro ainda mais absurdo.

De Ray Bradbury, que deveria ter aplicado sua veia poética a um círculo de acontecimentos mais cotidianos e mais tangíveis. Philip K. Dick, para ela, não é autor digno de ler-se, uma vez que seus relatos foram levados à tela com as caras de Harrison Ford, Peter Weller e Arnold Schwarzenegger.

Gaby gosta de ler Zola, Proust, Faulkner, Ciro Alegría, Jorge Amado, Toni Morrison, Camilo José Cela, Galeano, Piglia e sobretudo Cruz Menéndez, de cuja espessa prosa colhe diariamente profundas reflexões e ensinamentos sobre os usos, costumes e motivos das diferentes classes de gente que a sociedade dá à luz hoje em dia nestas latitudes.

O que Gaby ignora é que Cruz Menéndez é uma entidade de um planeta distante cujo comando planeja invadir a Terra, e que a circulação de seus livros tem como único objetivo comprovar se Eles nos conhecem o suficiente para garantir um domínio exitoso e duradouro.

OS 101 DÁLMATAS

O dálmata número 47 perguntou ao 78:

— Que número tu és?

— Sou o 49 — respondeu ele, de boa fé, porque acreditava realmente que esse era seu número.

— Ah — disse o outro, e anotou algo em um caderninho. Bancava o escrevente. — E como tu te chamas?

— Me chamo 16. De nome. Meu sobrenome é 83. Mas me chamam de 5.

Satisfeito, o dálmata 47 foi farejar perto de outro de seus congêneres, o 16.

— Que número tu és? — perguntou.

— Já perdi a conta — respondeu esse cachorro em um idioma que, para expressar isso, exigia a emissão de 11 latidos.

Outro dálmata, que havia ouvido a pergunta, disse com o focinho para cima:

— Meu pai é o 60, mas eu o superei. Sou o 61.

— Sim — contestou o 16, irritante —, mas teu pai tem 44 manchas e tu tens 26.

— Porque minha mãe tem somente oito — defendeu--se ele. Eu tirei a média.

Nisso, entrou no canil um dálmata que nenhum dos presentes conhecia. Tinha uma etiqueta pendurada no pescoço com o número 102. E não vinha só. O secundavam o ladrão número 41 de Ali Babá, o oitavo samurai, o nono passageiro, o passageiro 58, o quarto porquinho (que estava vestido de mosqueteiro), o décimo-terceiro condenado, o sexto latino de Estela Raval, o quinto grande de Agatha Christie (disfarçado de indiozinho número onze) e o 41 principal do ranking da semana. Cada um destes recém-chegados tinha um exemplar do décimo-primeiro mandamento, profusamente comentado por João Paulo Terceiro.

PROJEÇÃO

Se projetássemos sobre o ambiente exclusivo de um estádio de futebol a essência do tecido social, veríamos uma multidão abarrotada em uma terça parte das arquibancadas, com algumas torcidas violentas, muito satisfeitas por conseguir manter um espaço de poucos centímetros entre seus assentos, até que a gordura das salsichas (que constituiriam sua única ração alimentar) inchasse seus corpos, voltando a aglomerá-los. Os outros dois terços das arquibancadas (estofadas) estariam ocupadas por umas poucas pessoas, com seus mascotes, protegidas por aguerridos seguranças, alguns dos quais, de tão aguerridos, eliminariam seus patrões e os substituiriam. Enquanto isso, no campo, se veria a bola quieta, debaixo do braço de um jogador que manteria discordâncias simultâneas com membros de seu próprio time e do time contrário. Os técnicos tentariam convencer a plateia de que o desenlace da partida não depende tanto do que aconteça com a bola como do que se vier a resolver nessas controvérsias. Caso alguém não se conformasse com isso, haveria guarda-costas entre a assistência para regular a magnitude do descontentamento, diminuindo o número de desconformes mais persistentes. O árbitro, enquanto isso, distribuiria cartões vermelhos e amarelos a torto e a direito, mas os jogadores, longe de assumir seu significado, começariam com os cartões um complexo tráfico de idas e vindas, intercâmbios e acumulações, cujo sentido seria indecifrável para o público, que, além disso, presenciaria atônito a aparição de alguns cartões de cores novas, como o alaranjado e o bordô. E, finalmente, contradizendo o dito no começo, o estádio estaria rodeado de criaturas esfarrapadas subindo pelas paredes em busca de alguma brecha por onde entrar.

PESQUISA DE MERCADO

— Circulem, senhores, circulem. Isto não é um circo — disse a policial, tentando afastar os curiosos, mas não tipificou de nenhuma outra maneira a cena que se desenrolava do outro lado da cerca. Não disse se era um leilão, ou uma quermesse, ou um aniversário de quinze anos; não revelou que estivessem celebrando uma missa negra ou uma operação de apendicite. Algumas pessoas exigiram explicações enquanto faziam anotações em cadernos e blocos, escrevendo o que viam ou especulando sobre as mil e uma coisas passíveis de ter sucedido no pequeno comércio em cuja vitrine podiamem decifrar-se, a duras penas, os restos fósseis da palavra "mercearia".

— Há vítimas a lamentar ou só perdas materiais? — perguntou alguém.

— Estamos investigando. Por favor, circulem. Mais tarde certamente haverá uma declaração à imprensa.

— O assalto foi devido a causas naturais ou houve um ladrão?

A policial tentava não revelar o pouco que sabia, para elevar a estima em que tinha seu conhecimento.

— É verdade que o dono do estabelecimento é homossexual? — perguntou outro dos curiosos.

— O local é verdadeiramente uma mercearia ou isso é só uma fachada para ocultar algum tipo de comércio ilícito? — esta pergunta veio de uma mulher que trazia um gravador com o logotipo não de um meio de comunicação, mas de uma associação civil sem fins lucrativos.

Um sargento saiu do local com um pequeno saco plástico fechado a vácuo, contendo uma roupa masculina de reduzidas dimensões.

— É uma slip? É uma cueca? — perguntaram vários.

— É algo que o senhor acaba de comprar ou é uma prova que vai servir para identificar os responsáveis pelo roubo? — perguntou um transeunte que acabara de deter-se no lugar; e por meio de sinais tentou fazer com que o sargento entendesse a necessidade de levantar a mão que sustentava o saquinho, para que seu conteúdo fosse mais bem apreciado pelos cidadãos.

O sargento entregou o saquinho a um agente da polícia técnica e disse:

— Este é o quinto assalto a este local este ano.

— O senhor acha que os assaltantes estão inteirados disso? Considera que atribuem ao número cinco algum significado cabalístico? — perguntou a mulher do gravador.

Outro dos curiosos aproximou-se da policial e perguntou qual era seu signo zodiacal. O sargento, enquanto isso, tentava evitar que um adolescente munido de vários sprays escrevesse na fita amarela o nome de um grupo de rock.

— O senhor acredita que isto pode ocasionar uma guinada surpreendente nas tendências da moda de roupa íntima? Pode-se falar de um assalto "fashion"? — perguntou uma estudante que levava debaixo do braço vários livros dos indicados no programa de estudos do curso de Ciências da Comunicação. A acompanhava um rapaz cuja bochecha esquerda estava coberta de acne; mas a direita estava perfeitamente lisa e ostentava uma pequena etiqueta adesiva na qual se podia ler "esta parte do rosto foi tratada com creme ACME; exija-o em farmácias e supermercados."

Um ancião saiu do local, seguido por um policial. Vários dos curiosos perguntaram se era ele o dono. Ele disse que sim, mas aproveitou para anunciar que as chaves do ponto, a partir desse momento, estavam à venda. A policial, ao ouvir isso, fez uma oferta. O dono disse que não, que pedia mais. Ela respondeu que ele não podia pedir tanto por um lugar que oferecia tão pouca segurança e com um histórico de assaltos que limitava drasticamente as expectativas de capitalização do comprador.

Enquanto isso, na calçada em frente, alguns jornalistas incógnitos tentavam reunir os elementos de juízo necessários para determinar que perfil deveria adotar sua cobertura dos fatos para ser vendável e satisfazer plenamente às expectativas e inquietudes do grande público.

A TRÉGUA

Estava cansado de ver filmes e, deixando um pela metade, me libertei da escravidão imposta pelos tempos de outras pessoas, para sair de casa caminhando em um ritmo pessoal, disposto a comprar um livro que leria na velocidade que quisesse e detendo-me ou apressando-me quando me desse vontade. Comecei folheando "A décima revelação", de James Redfield, e pareceu-me interessante, mas eu não havia lido a *nona* e além disso pensei que não tinha por que ler o mesmo que todo mundo e que, provavelmente, Redfield não era mais do que uma moda passageira dessas que prometem grandes verdades, como em uma época o faziam os livros de Carlos Castaneda, e antes dele Lobsang Rampa, Krishnamurti e não sei quantos mais. Atribuí o sucesso desses livros à crise dos sistemas filosóficos tradicionais, que obrigava as pessoas, de acordo com seus níveis culturais, a tomar um desses três caminhos: ou embarcava nesses pseudo-sistemas facilitistas, ou se metia numa faculdade por quinze anos para estudar física, ou — descartando o primeiro por dignidade e o segundo por inépcia — se dedicava a aprender os complicados trava-línguas de Derrida, Deleuze e outros do estilo, treinando também para inventar insignificantes cadeias significantes com os neologismos cunhados por eles. Baseando-me nestes considerandos foi que não comprei nenhum ensaio sobre esse tipo de autores, nem livros de divulgação científica, nem *O Alquimista*, que já estava em oferta pela metade do preço. Vi, frequentemente, alguns de Marcela Serrano e reconheço que estive a ponto de comprá-los — na livraria os haviam disposto sobre outros livros da mesa, formando um ângulo sofisticado, que enfrentava o promitente comprador sem agredi-lo; as capas em declive convidavam a adentrar as profundidades da história. Mas posterguei a iniciativa, já que costumo ler os romancistas da moda quando já não estão na moda (mas antes de que se convertam em clássicos, quando é o caso). É a única forma, para mim, de tomar contato com seu valor real. Quando sua leitura deixa de estar incorporada ao status mundano de um período determinado, é quando posso tomar consciência da dimensão, da importância efetiva que um texto tem para mim, e da medida em que intervém e transforma minha sensibilidade. Foi assim, por exemplo, que li *Cem anos de solidão* vinte anos depois de todos meus amigos, e esse mundo subsiste em mim mais nitidamente do que neles, porque não está associado a um período da vida que muitos optaram por "superar". Foi assim, também, que nunca li Vargas Llosa e me encontro no mesmo estado que tantos de meus amigos que o leram e o esqueceram. (Segundo o meu calendário, em 2010 devo começar algum livro de Isabel Allende.) Avançando em direção às estantes do fundo da livraria, esquadrinhei nas páginas de alguns pensadores antigos e, por uns minutos, cativou-me a agudeza dos diálogos de Berkeley, de quem eu conservava uma lembrança esquemática e pauperizada. Também descobri a chispa vivificante de *O Crítico*, de Gracián, a quem nunca havia lido. Mas descartei a compra de ambos, ante a certeza de que nem bem teria saído da livraria e o fogo da compra se teria apagado; a falta de iminência ou de *sex appeal* daqueles volumes os faria integrar poucos minutos depois as filas dos livros não lidos da minha biblioteca. Estava por deixar o local quando vi, escancarados, vários livros de imagens 3D, ou das que seriam 3D se a gente soubesse como diabos as tem que olhar, se com o terceiro olho de Lobsang Rampa ou com um fac-símile do telescópio orbital Hubble. Minha incipiente presbiopia e uma câimbra na órbita de cada um dos meus olhos me afastaram rapidamente dessas estranhas cruzas de livro com caleidoscópio (que talvez tentem conciliar a culpa do homem contemporâneo por abandonar o hábito da leitura com a avidez que tem por imagens) e voltei para casa, para assistir à segunda metade daquele filme, satisfeito por ter-lhe imposto um longo intervalo não previsto pelo diretor nem pelos anúncios de algum canal onde alguma vez o tivessem passado.

IMAGEM VERSUS TEXTO

Um dos temas que abalam os alicerces do universo cultural do Ocidente nas últimas décadas, e a um ritmo cada vez mais vertiginoso, sem dúvida é o da luta que se trava, nos espaços de comunicação, entre a imagem e o texto escrito. E um dos sintomas mais inequívocos da relegação sofrida pelo texto é sua sacralização. A maioria das pessoas que não lê nem sequer as legendas de um filme está convencida de que os livros contêm verdades mais importantes e profundas do que o cinema, os desenhos animados ou as histórias em quadrinhos.

Muitos textos são apreciados, não pelo que dizem, e sim porque o que dizem está escrito, de modo que são vistos mais como imagens do que como textos. A palavra escrita, enquanto tal e independentemente do que diz, é uma imagem, não um texto. Ou melhor: é várias imagens. Não se trata de um ressurgimento da antiga crença de que o que "estava escrito" ocorre, ou que o que "está escrito" é verdade. Aqui não há verdade nem falsidade: há um tipo de papel, com certo tipo de caracteres e respaldado pelo logotipo de alguma editora de prestígio, que indica a alta hierarquia desse misterioso enxame de letras. Assim, muita gente pode crer ou declarar que venera os livros, quando na verdade venera imagens. No entanto, apesar de seu frequente desprezo por formas de expressão como o cinema, as séries de TV ou as telenovelas (não porque as despreze em si mesmas — talvez não possa passar um dia sem ligar a televisão, mas por considerá-las inferiores em categoria à literatura), não se dão conta de que sua verdadeira relação com a literatura se dá através delas. E isso é assim porque, no estado em que se encontram atualmente (ou da forma como a maioria as cultiva), estas formas artísticas não são outra coisa que literatura disfarçada. Os cineastas que operam sobre um pensamento literário são uma ínfima minoria e, ademais, são desconhecidos do grande público. A maior parte das pessoas a quem for exibido um filme que não se deixa traduzir em um "argumento" explicável verbalmente, dirá que não o entendeu.

Assim, muitas vezes, a imagem está onde as pessoas crêem ver texto e o texto está onde se crê estar diante da imagem. Mas não é esta a única distorção que os valores mais arraigados imprimem ao vínculo que temos com os textos e as imagens. As pessoas que se queixam do abandono da leitura esquecem – ou nunca souberam – que a porcentagem de idiotices que ocupa os livros escritos em todas as épocas não é de modo algum inferior à das que povoam as séries de TV, as telenovelas e os filmes. E talvez hoje em dia, com o avanço dos livros de autoajuda nas estantes de todas as livrarias, em detrimento dos outros (os que são para ajudar aos demais), essa porcentagem esteja em franco crescimento.

A "riqueza de imagens" é algo que não poucos leitores buscam na prosa e na poesia. Poucos são capazes de apreciar o sentido vivificante dos textos que limitam a imagem, como aquele gato de Lewis Carroll do qual só se podia ver o sorriso (e não a boca sorrindo, como bobamente o distorceu o filme de Walt Disney "Alice no país das maravilhas").

Por outro lado, o ditado "uma imagem vale mais que mil palavras" é na atualidade verificável nos espaços que os arquivos de texto e os de imagem ocupam em um disco. Pelo menos as imagens "pesam" mais... ainda que possam não valer o que pesam.

Mas o paulatino aumento do tempo que, ao menos em uma parte do mundo, as pessoas vivem no cyber espaço, parece minimizar os polos dessa luta texto versus imagem. A televisão está sendo cada vez mais substituída pelo monitor do computador, e aí não há primazia da imagem, nem do texto. Tudo está ligado e potencializado de maneira que podem voltar a esclarecer-se os verdadeiros termos da luta livrada no seio da cultura: inteligência contra estupidez. Quem sabe os adolescentes de hoje que não descolam o nariz da tela não superem em frivolidade a esses que há quarenta anos se distraíam momentaneamente de sua leitura de Tarzan e de Sissi para colocar um bambolê na cintura e gritar "ula ula".

PAISAGEM URBANA

Um letreiro eletrônico não parava de transmitir mensagens de boas-vindas, só interrompidas esporadicamente pelos logotipos de algumas empresas, talvez responsáveis pelos textos e imagens que se sucediam em ritmo acelerado, sem permitir uma clara distinção de até que ponto aqueles eram traduções destas. Ao entrar, um corredor estreito permitia, a duras penas, a passagem entre um emaranhado de aparelhos de ginástica que se encontravam dispostos de forma a aproveitar ao máximo o espaço disponível. Cada um deles ostentava várias dezenas de etiquetas fluorescentes que ofereciam diferentes opções de financiamento. Havia uma esteira ergométrica com velocidades compreendidas entre três e dezesseis quilômetros por hora, dobrável, com ângulo de inclinação ajustável e barras de apoio. Tinha também um monitor cuja função era indicar a metragem correspondente ao esforço realizado e um diagnóstico do estado cardíaco do usuário. Este, ao olhar, via seu próprio coração, e desfilavam pelo monitor umas legendas segundo as quais o aparelho seria ideal como presente para o dia dos namorados. A estrutura tinha um auto-falante e uma chave que permitia escolher entre ouvir música ou a voz de um locutor esportivo virtual, que ia traduzindo em palavras os dados registrados pelo aparelho. A voz imprimia uma dose de emoção que instava a acelerar o passo, transmitindo uma suposta maratona na qual o usuário estava em último lugar, mas era continuamente alentado a melhorar sua posição. Nas barras de segurança exibiam-se, pendurados, fac-símiles plásticos dos músculos que outro aparelho prometia modelar adequadamente: glúteos, adutores, tríceps, panturrilhas e outros. O aparelho em questão tinha também um monitor que indicava a quantidade de calorias consumidas ao longo do exercício. Isso era mostrado por símbolos: via-se a cara de uma pessoa que ia vomitando alimentos que continham as diferentes quantidades de calorias queimadas por unidade de tempo. Um terceiro aparelho, construído em cano de perfil quadrado de ferro galvanizado, recolhia a transpiração do ginasta e a conduzia pelo encanamento até um filtro de água, descartando os resíduos e misturando o resto com essência natural de laranja. Quem se esforçasse o suficiente era recompensado, ao fim do exercício, com um copo de suco fresco. Havia vários outros aparelhos: um era de montar e suas peças constitutivas pesavam o suficiente para que, ao terminar esse trabalho, se houvesse desenvolvido no interessado uma musculatura compatível com as necessidades dos exercícios propostos no manual. Outro incluía no pacote um vídeo de exercícios, com o rosto do cliente — digitalizado pelo mesmo aparelho a partir de diferentes ângulos durante os primeiros minutos do exercício — inserido na figura do instrutor que dava a aula.

No final do corredor se acessava um pátio onde quase se perdia a cabeça pelo movimento do braço batedor de uma máquina, que poderia ser facilmente removido dela, já que, conforme indicava, era de fácil limpeza. Ao lado havia um amplo estoque de torradeiras, cada uma com sua bandeja coletora de migalhas e seu dispositivo de toque frio, para evitar queimaduras. Algumas eram duplas, triplas ou óctuplas (para duas, três ou oito fatias) e a de oito tinha em duas de suas bocas outras tantas reluzentes dentaduras (originais e sem obturações, coroas ou tratamentos de canal visíveis), que garantiam uma perfeita pré-mastigação da torrada. Seguindo nessa direção havia várias quadras de cafeteiras munidas de filtro anti-gotejamento, depósito removível e sistema de distribuição de café com altura regulável, e espremedores com controle de polpa, até chegar ao bairro dos ferros de passar de cabo aberto e spray removedor de rugas. Andando por esse lugar se passaria em seguida pelos de cabo fechado e chapa de alumínio polido, depois do que, em uma intrincada rede de galerias, murmurava uma espessa população de multiprocessadores com bases antiderrapantes de diferentes marcas, que misturavam, amassavam, picavam e desmanchavam umas às outras freneticamente, de modo que o promitente comprador formasse por si mesmo um juízo, com o conseguinte veredito, sobre qual era a melhor. Por uma escada rolante que a cada onze degraus que engolia cuspia cinco, ao ritmo de uma conga chonga, chegava-se a um mezanino habitado por removedores de fiapos com trava automática de segurança, para todo tipo de jerseys, tapeçarias e lãs. Um potente exaustor de quatro velocidades simultâneas, para vidro ou parede, mandava ar para um espaço com fogões.

Havia a gás, a supergás, com acendimento eletrônico ou de tração a sangue ou a morcela, com grill, espeto, queimadores e CD rom. A cada tantos fogões, havia algum outro tipo de objeto, como um escorredor de pratos com separadores móveis, ou um coletor indolor de sangue. Pouco depois se chegava a um entorno paisagístico diferente: um prado de scanners, onde os de mesa serviam de apoio aos portáteis, que eram sobrevoados por outros de tipo aéreo que iam tomando mostras aleatórias do que tivessem diante de si a cada poucos segundos. Mais além, em um bosque de *discmans* reclináveis de cabo retrátil e estojo de tecido, pululavam também ferros de passar de controle frontal, ventiladores de pé e turbo circuladores de ar com sistema *autobreeze*. Quem tropeçasse com um ciclomotor de assento com encosto reclinável munido de comando exterior para o manejo do guidão teria dado de cara com um secador de cabelos de mil e duzentos watts com acessório difusor reversível e anel para pendurar, do qual fugiria montado em uma roçadeira cujo sistema de corte contava com avanço automático. A rota de fuga desembocava em um colchão de trezentos e sessenta molas bicônicas de estanho temperado e marco perimetral de algodão açucarado de alta densidade, com dezesseis agarradeiras em cada aresta. Uma destas se apoiava em quatro cabeceiras de álamo Carolina Herrera, e com ela sustentava um travesseiro cervical estampado com dispositivo hidráulico destinado a compassar o sono com suaves massagens que induzissem o usuário a uma apropriada ventilação alveolar, para prevenir a hipertensão. A capa estava dotada de um sistema automático de injeção que proporcionava um completo tratamento anticaspa durante as oito horas aconselhadas para o repouso, segundo o manual que se encontrava dentro do colchão, que podia ser acessado correndo um fecho relâmpago protegido por fechadura de tempo (para o caso de que nesse bolso se guardassem também cédulas ou bônus do Tesouro). Em direção ao outro lado, o colchão dava para um radio relógio trinorma com sintonizador de sentido anti-horário, som quadrifônico e programação automática segundo os dados ingressados pelo usuário quanto a sexo, idade, senso de humor, aspirações, horários de trabalho e índice de imputabilidade. Por todas as partes havia, ainda, mini-componentes de desenho ergométrico, que em alguns casos chegavam a associar-se formando equipamentos de áudio com bass expander e radar para detectar projéteis lançados pelos vizinhos descontentes com a música selecionada. Procurando atrás da cabeceira da cama, podia-se descobrir uma fileira de quatrocentas lavadoras de roupa de meia carga com cancelamento de centrifugação e telefone de campainha ressarcível e memórias de toque muito rápidas ao tato, função rediscagem e fone de quatorze vias. Outra fileira, de quinhentas e quatro unidades, prometia começo demorado, detecção automática do tipo de roupa e escolha do melhor sistema de lavagem entre dezoito ciclos predefinidos. Do outro lado de uma porta texturizada havia uma geladeira de cantos arredondados, com freezer, prateleiras de grade e de vidro e dispenser de gelo picado. De frente para ela se havia disposto uma nova fila de fogões, mas com forno auto-limpante, queimadores de rutênio e mesa de tungstênio. Mais além havia também espelhados ou de tampa de vidro, simples ou duplo, e grelha para dourar ou gratinar. No outro ambiente, do qual aquele não era mais do que uma ante-sala, havia centenas de aquecedores de água de fluxo contínuo e tiragem natural, com barra anti-corrosiva e tanque de aço vitrificado. Do teto pendia um purificador de ar com dois motores, com filtro de carvão ativado. No piso superior havia liquidificadores com lâminas desmontáveis e depósito para o fio. Cada um levava em cima um telefone expansível para central sem fio com quarenta e sete terminais móveis, de cor carvão. Alguns destes contavam com códigos de segurança de seis dígitos e sistema interceptador de chamada. Noutro setor, ao qual se chegava por um corredor guarnecido por enceradeiras aspiradoras de luz frontal, borracha protetora e canos cromados, havia uma grande profusão de massageadores para redução de celulite, de formato compacto. Lá e aqui viam-se também câmeras com auto-foco, auto-flash de sincronização lenta e zoom motorizado. Mas a zona estava dominada pelas geladeiras com portas de abertura reversível e condensador integrado ao gabinete. Na maioria delas, a posição das prateleiras da porta era extrapolável. Algumas tinham puxador embutido e crisper com tampa especial para armazenamento de carne humana. No piso inferior, ao contrário, havia só fritadeiras com parede interna de duplo revestimento anti-aderente e depiladores de cabeça removível com discos rotativos. Mas quem franqueasse o setor das geladeiras logo se veria entre máquinas de lavar pratos com cesta superior fixa e máquinas de costurar com braço livre para costura redonda ou tubular. Em seguida, poderia deslocar-se em uma bicicleta com triplo prato entre fornos de micro-ondas de placa refletora, grelha de borracha e prato orbital. Ao lado, um salão climatizado resguardava milhares de televisores com tubo escuro e som inteligente[22]. Sobre uma prateleira com termostato de alarme estereofônico havia um aparelho com seleção automática de voltagem, interruptor de segurança e estojo para viagem, mas carecia de função específica e, além disso, estava quebrado.

22. Estavam apagados.

CEIA DE NATAL

Em determinada quadra de Montevidéu, a umas vinte ou trinta quadras da praia, entre Punta Gorda e Carrasco, viviam dezessete famílias. Quando chegou o Natal, os integrantes da primeira comeram faisão.

Os da segunda comeram peru.

Os da terceira, lebre.

Os da quarta, pato.

Os da quinta, leitão.

Os da sexta, assado.

Os da sétima, frango.

Os da oitava, cordeiro.

Os da nona, ensopado.

Os da décima, matambre.

Os da décima-primeira, mortadela.

Os da décima-segunda, macarrão.

Os da décima-terceira, arroz.

Os da décima-quarta, pão com azeite.

Os da décima-quinta, pão.

Os da décima-sexta tomaram mate.

E os da décima-sétima, nada. (Eram ateus e não gostavam de festejar.)

BIBLIOTECA

Minha biblioteca é composta por:
livros de texto,
livros de sexto,
livros de sexo,
livros de sax,
livros de Safo[23],
livros de Raffo[24],
livros de Rufo[25],
livros de russo[26],
livros de Puzo[27],
livros de peso,
livros de reza,
livros de preso,
livros de prepo,
livros de Pepo[28],

---

23. Poetisa de Lesbos (siglo VI a.C.).

24. Juan Carlos Raffo, contista e político uruguaio da atualidade.

25. Poeta espanhol do século XVI, autor de *La Austríada.*

26. Suponho que já sabes o que é isto.

27. Mario Puzo, autor de *O poderoso chefão*, e encerro aqui esse negócio das notas de rodapé, que me ataca a gota.

28. Agora já dói menos. Pepo é o autor de *Condorito*, *Coné* e tantos outros simpaticíssimos personagens.

livros de Zeppo[29],
livros de siso,
livros de gesso[30],
livros disso[31],
livros de Hesse[32],
livros de Ise[33],
livros de Rice[34],
livros de riso[35],
livros de rima
e livros de meteorologia[36].

---

29. É o quarto (em popularidade, porque aparece em poucos filmes) irmão Marx. Se os outros irmãos escreveram livros, suponho que ele também, e, se não escreveu, deveria. Acho que venderia bem.

30. Na antiga Suméria, os primeiros escribas gravavam seus caracteres cuneiformes em pranchas feitas desse material. Mas logo abandonaram seu uso, já que não conseguiam terminar nenhuma frase.

31. Sim, é o que estás pensando.

32. Hermann Hesse, mas com a pronúncia castelhana, sem agá.

33. Na verdade, só tenho o clássico japonês *Ise Monogatari.*

34. Com pronúncia *criolla*; de qualquer forma, Tarzan não era um tipo muito educado.

35. Ha ha.

36. Sobre o clima.

OUTRA CRÍTICA LITERÁRIA

Não estava na minha lista de leituras obrigatórias da semana passada, mas vendo como está se tornando popular nos cenáculos literários que frequento, dediquei algumas horas (subtraídas da participação em um simpósio sobre a obra do autor em questão, do qual dificilmente tiraria proveito sem conhecê-la por uma fonte direta) à leitura de "Folhas de inverno", de Héctor Venancio Buenaventura. E devo dizer, para começar, que ainda que o título possa sugerir uma coleção de fragmentos não interligados por laços argumentais (embora, talvez, temáticos ou anímicos), o livro é, inquestionavelmente, um romance, e de uma coesão interna pouco frequente nestes tempos em que qualquer obra com certa extensão pode ser despreocupadamente incluída nos catálogos do gênero. Entretanto, a coesão (que não é estranha à obra de Danielle Steele, Louise Hays ou Marcial Lafuente Estefania) não é garantia de qualidade. A habilidade do autor em entrelaçar antigos mitos do Azerbaijão com crônicas da colonização portuguesa na África e a atual disputa estadunidense-nipônica pela supremacia mundial na indústria automobilística não é suficiente para manter o interesse na trama, embora a fluidez e o ritmo ágil pareçam inerentes ao estilo deste veterano escritor aragonês que, segundo a contracapa do livro, sente-se herdeiro de Pearl Buck, George Sand e Madame de Sévigné. E foi por isso — digo não apenas sem circunlóquios, mas também livre de qualquer peso na consciência — que na metade da leitura do quarto capítulo — que na edição atual começa na página 35, já que são capítulos curtos (27 no total, e não digo isso porque cheguei ao último, mas porque vi no índice) —, peguei no sono. É possível que a inconsistência do relato ou a escassez de reviravoltas surpreendentes (ao menos para alguém com a minha formação) não tenham sido os únicos responsáveis por isso... é que na noite anterior eu não tinha dormido. Os vizinhos de cima escutavam música num volume muito alto, e eu tentava em vão me concentrar no filme que tinha alugado dois dias antes e que meu trabalho não tinha me permitido terminar de assistir (assistir algum filme antes de dormir é um ritual cotidiano para mim; sei que há quem prefira ler um livro ou uma revista. Eu nunca consegui, porque a leitura ativa a tal ponto minhas faculdades cognitivas que, se me ponho a ler, sou capaz de passar a noite em claro; exceto, claro, se o livro que cair nas minhas mãos for "Folhas de inverno" de Héctor Venancio Buenaventura). Passei mais de duas horas rebobinando a fita a cada poucos minutos, em sucessivas, extenuantes e renovadas tentativas de decifrar o que diziam os atores (poderia ler as legendas, pois estavam disponíveis, mas nunca faço isso à noite porque, como já mencionei, a leitura ativa minha lucidez e, se pretendo dormir, torna-se a atividade mais contraindicada; exceto, é claro, — e nem é preciso que diga mais uma vez — que recaia sobre "Folhas de inverno", de Héctor Venancio Buenaventura), até que finalmente decidi vestir o roupão e bater na porta dos vizinhos pedindo clemência. Eles tiveram a bondade de me fazer entrar e de me explicar a situação com uma taça de champanhe. Estavam festejando a conclusão do mestrado de Vanessa, sobrinha de alguns dos donos da casa e prima ou neta dos demais, em letras pela Universidade de San Diego. Abandonando então o projeto de repouso noturno, me juntei à festa, cantando e dançando até amanhecer, sozinho ou com uma das avós — não cheguei a descobrir se era materna ou paterna — da homenageada, ou como vagão do clássico "trenzinho" em que percorremos todos e cada um dos ambientes do pequeno apartamento. E quando a fadiga derrubou o último dos familiares que restava em pé (em um pé só, porque, ajoelhado, tentava esticar uma das pernas e imitar uma dança cossaca), Vanessa e eu, que já vínhamos trocando olhares furtivos, começamos a conversar com franqueza e descobrimos uma afinidade de gostos e critérios que provavelmente assentará as bases de uma profusa correspondência entre nós dois (ela volta agora à universidade para um doutorado; eu devo permanecer aqui, onde conquistei um espaço de respeito e consideração como cronista literário, e lá ninguém me conhece).

CONFISSÕES DE UM POETA

Quando iniciei os rascunhos que me levariam a concretizar a obra que me consagraria, não só não tinha total consciência do tema que iria abordar, como sequer das palavras com as quais o faria. O artigo “o”, com o qual — sem arriscar muito, admito (ainda que tenha demorado várias semanas para me atrever a colocá-lo no papel) — inicio o texto, não foi colocado por mérito próprio (quero dizer, próprio do artigo), mas para apresentar o substantivo que o segue, “homem”, palavra que se encontra com frequência em meus escritos mais por sua natureza substantiva que por seu significado. Porque para mim, em toda literatura, o substantivo é o elemento substantivo, ainda que tenha usado agora seu nome como adjetivo. E como substantivo, prefiro o que usei, porque, sendo o substantivo a natureza íntima do sujeito, o homem é, por sua natureza, o sujeito universal (ao menos no universo limitado de seus estreitos horizontes). Mas na época em que escrevi esse poema eu não tinha tanta clareza sobre isso como tenho agora, de modo que levei mais de seis meses para escrever “o homem”. O papel estava na minha escrivaninha só com essas duas palavras quando minha mãe, determinada a arrumar meu quarto, o perdeu ou jogou fora; nunca saberemos. Eu tinha ido à farmácia comprar remédios e, ao voltar, notei que ele tinha desaparecido. Estava decidido a fazer um escândalo, mas optei por canalizar a energia da raiva para a criação e, enquanto dava um passeio (durante o qual, utilizando pacientemente técnicas mnemônicas que meu analista me passou, pude reconstruir as palavras do papel perdido), ocorreu-me, numa lufada de inspiração, a terceira palavra. As duas primeiras, como se viu, não foram resultado da minha veia poética propriamente dita, mas de abnegados e fundamentados esforços intelectuais que levaram meses de reflexão. Mas aquela terceira veio diretamente das musas para mim. Era o presente com que elas premiavam minha entrega e dedicação. A palavra (que direi, sem mais delongas, porque não me agrada especular com a ansiedade do leitor obrigando-o a engolir linhas que não o interessam e que não leria se não fosse pela necessidade de se livrar do incômodo) é, simplesmente, "é". Mais tarde — já melhor qualificado para a crítica de minha própria obra — compreenderia que a inquebrantável solidez desse primeiro verso resulta da circunstância de que "é" é o verbo por antonomásia, assim como "o homem" é o sujeito por excelência.

Estava tão satisfeito com essa descoberta que voltei para casa dançando pelas ruas como um saltimbanco, mas, ao mesmo tempo, me sentia exausto, e exigi de minha mãe a entrega imediata de uma soma em dinheiro que me permitisse descansar em uma cidade litorânea e colocar meu cérebro novamente no lugar para poder seguir em frente. Minha mãe estava de acordo no que se referia a colocar meu cérebro no lugar, mas não numa cidade litorânea. E não entregou o dinheiro a mim, mas aos responsáveis pela clínica psiquiátrica onde me internou. E foi lá que surgiu, esplendorosa, a palavra que encerraria o primeiro verso. E, como a terceira, essa palavra não surgiu da reflexão nem da análise; mas tampouco veio das musas. Não. Originou-se na observação profunda do entorno. Ao assistir diariamente o absurdo espetáculo de um grupo de pessoas cujas ações e palavras tinham tão pouca conexão quanto o clima e as previsões meteorológicas, o filósofo capaz de expressar a equação fundamental da condição humana converteu-se, de repente, em cronista, em escritor-testemunha. A palavra com que encerrei o verso foi "louco". E não pude plasmar o verso no papel até a visita seguinte ao doutor que me foi designado, quando, em seu consultório, tive acesso a lápis e papel. E esse médico inescrupuloso, conforme pude comprovar com meus próprios olhos, no final da consulta, me plagiou, copiando meu verso em sua caderneta de diagnósticos, e assinando-o descaradamente com seu nome e sobrenome. Estamos, desde então, em litígio junto ao sindicato dos autores, e tenho a sorte de que alguns jornalistas, sensíveis à minha impotência como paciente de hospital, revelaram meu caso à opinião pública. Assim, milhares de exemplares de diversos jornais circularam, levando a inúmeros lares o primeiro verso do meu poema. Quando o segundo estiver pronto, vou convocar novamente uma coletiva de imprensa.

DISNEY SOBRE O GELO

Fui ver um espetáculo único, algo que, desde o início, rompia com várias décadas de gelada imobilidade. E quebrar o gelo, tanto metafórica quanto literalmente, é sempre um exercício salutar; é algo que vale a pena tentar, mesmo que os resultados da primeira ruptura só possam ser percebidos depois. Talvez todos estejamos demasiadamente acostumados a ver as coisas de um só ângulo: no caso do Titanic, por exemplo, que se chocou com aquele iceberg, falou-se, filmou-se, contou-se, escreveu-se e chorou-se profusamente com o que aconteceu com o barco e com sua tripulação, mas alguém se preocupou, ainda que minimamente, com o estado em que ficou o iceberg? Certamente não: o iceberg que se dane (não sei se tais objetos são capazes de algo assim). Por isso, quando vi a publicidade que anunciava "Disney sobre o gelo", não pude conter a curiosidade, e fui. Porque Disney, até aquele momento, para mim, era alguém encerrado no gelo, e a oportunidade de ver revelado o mistério do estado em que esse indivíduo se encontraria atualmente me fez sentir o mesmo que o arqueólogo Emile Brugsch deve ter sentido quando se viu diante das múmias dos faraós Pinedjem I e Pinedjem II.

Mas me decepcionei. Porque este Disney tem pouco a ver com aquele adusto senhor que se podia ver, às vezes, em algum documentário, em mangas de camisa, lápis na mão, mostrando como conseguia dar vida a uns traços grotescos que só persistentes sermões de pais e professores obstinados poderiam converter em criaturas capazes de divertir e entreter de forma saudável as crianças de antigamente.

Para começar, entrou na pista encarnando Branca de Neve. O velho Walt patinou jovialmente, representando a jovem que sai a cantar pelos prados acompanhada de seus amigos passarinhos, coelhos e esquilos, representados por cubinhos de gelo artesanalmente trabalhados pelos melhores artífices de Orlando. Depois, o desenhista traçou na superfície da pista, com os próprios patins, o contorno de cada um dos sete anões com suas expressões faciais características. O sofisticado gerador de luzes com que esse megaespetáculo se desloca por toda a orbe foi responsável por preencher cada anão com o colorido mais apropriado para o ângulo a partir do qual ele era visto pelas diferentes arquibancadas de espectadores.

Logo em seguida, apareceu a rainha, dando piruetas não só na pista, mas também no ar, como se fosse uma abelha, mas, atenção, não como uma abelha rainha, mas operária. Se sabe que, para este papel, os estúdios conseguiram o corpo de uma grande estrela que floresceu na Hollywood dos anos 40 e 50, mas estou plenamente de acordo com o espírito de discrição que refreou a tentação de incluir seu nome no programa, e digo tentação porque é razoável supor que os nomes de Marilyn Monroe, Jane Russell ou Ava Gardner atrairiam outros milhares de espectadores, embora essas atrizes não tenham se apresentado de corpo e alma, mas só de corpo, permanecendo a alma no além. No entanto, ouvi um ancião na plateia cochichar que os movimentos da personagem lhe recordavam, mais que as mencionadas estrelas, o legendário Serguei Diaghilev. E quando, devido a um momentâneo problema técnico, a pista de gelo derreteu, outro espectador afirmou — pela maneira como a rainha se manteve flutuando — que se tratava, na verdade, de Esther Williams.

Em resumo, o espetáculo apresentou toda a dinâmica esperada da correta aplicação, na dança, do princípio de Arquimedes.

LITERATURA DE COSTUMES

Já se disse que o homem é um animal de costumes; mas a leitura não é um deles, ou deixou de ser faz tempo. Eu, por exemplo, que antes era capaz de fazer horas extras no trabalho contanto que o pagamento me permitisse comprar Condorito[37], abandonei por completo meu gosto pelos livros (não compro sequer o Libro de Oro de Condorito, que ocasionalmente reúne as melhores tiras da revista). O que não consegui abandonar, no entanto, porque me apaixona, é a literatura de costumes. Nunca a pratiquei; conheço apenas como consumidor. Li abundantemente não só os romancistas ocidentais que teceram suas tramas com o fio dos costumes da época e lugar em que situaram suas personagens, mas também cada tratado antropológico que me caía nas mãos e que fosse capaz de me informar sobre os hábitos cotidianos de qualquer povo, atual ou antigo, americano, malaio, africano, caucasiano ou de onde quer

37. Condorito é um personagem cômico criado na década de 1940 pelo cartunista chileno René Ríos Boettiger e que protagoniza uma série em quadrinhos muito popular em toda a América Espanhola. [N. do T.]

que fosse (por mais que pouca gente esteja acostumada a chamar isso de literatura de costumes e prefira palavras como... "étnico" ou "exótico"). Mas agora vou reverter essa situação. Porque acho que na vida não é somente questão de obter prazer às custas dos demais. Também é preciso proporcioná-lo aos outros. Então vamos, pois, escrever literatura de costumes. E vou fazer isso de forma mais pura do que qualquer outro autor que conheci. Porque a maioria dos autores de literatura de costumes costuma intercalar, entre suas referências aos costumes, longas digressões que nada têm a ver com aquilo que permite atribuir-lhes o rótulo de escritores de literatura de costumes. Isso é um péssimo costume, que eu me esforçarei para não reforçar. E estou dando o exemplo, já que não estou falando de outra coisa que não de costumes, ou estava, na frase anterior a esta, e é sobre isso, sem dúvida, que falarei na seguinte (poderá o leitor perdoar-me por incorrer no erro que critico, ou seja, utilizar em um texto de costumes uma frase que não corresponde à literatura de costumes?). Porque detesto os autores que costumam divagar, crentes de que seus leitores os seguirão acriticamente em todos os seus caprichos e descaminhos mentais, movidos por uma excessiva veneração ao texto escrito ou, talvez, por simples costume.

Sobre costumes tenho muito a dizer. Tem gente, por exemplo, que costuma levantar-se às seis da manhã e tomar mate, amargo ou doce, acompanhado ou não de biscoitos. Interessante, correto? Não. Na verdade, isso não é nada interessante. Poderia ser para um esquimó, um mandarim ou um bosquímano que não têm ideia do que é o mate, mas por aqui essa história carece de qualquer interesse. De modo que os editores que publicam histórias que falam sobre esse tipo de coisa já sabem onde buscar mercado para seus produtos. Porque aqui, por mais afeito que alguém seja à literatura de costumes, uma história assim pode gerar um torpor próximo à catalepsia. E o autor que, tendo começado com isso de tomar mate às seis da manhã, faz com que haja um assassinato ou que um disco voador pouse nos fundos da casa dos que tomam mate para manter o interesse do leitor, está jogando sujo, pois isso já não é literatura de costumes, já que a história poderia se sustentar mesmo que os protagonistas estivessem tomando café ao invés de mate. E se não fosse assim, mesmo que o mate fosse crucial para a descoberta do assassino ou do interesse dos alienígenas em visitar a terra, a questão central ainda seria o assassinato ou o disco voador e não o costume de tomar mate às seis da manhã, que se tornaria um mero acessório, e tão distante da literatura de costumes quanto um tratado completo sobre a flora bacteriana da erva-mate. Para terminar, digo que conheço muitas pessoas que não compartilham do meu gosto pela literatura de costumes. Talvez o senhor leitor ou a senhora leitora também se encontre nessa categoria. Sei que é um gênero difícil, mas acredito que se fizer um esforço para se acostumar a ele, vai acabar gostando. E se não gostar, não se preocupe, logo verá como depois se acostuma.

SENTIDO

Saí de casa e vi a vizinha da frente sentada com os olhos fixos em mim, imóvel como uma estátua. Caminhei até a praça e olhei para a estátua de Joana D'arc. Estava se mexendo. Alongava os braços e as pernas como se fizesse algum treino aeróbico. Segui meu caminho até o ginásio, mas já era tarde, estava fechado como uma tumba. Então decidi ir ao cemitério. Uns enlutados transportavam um ataúde tão pesado que justificava todas as expressões de pêsames que compartilhavam entre si. Saí dali e fui em busca de uma farmácia em que houvesse uma balança. Encontrei uma, mas estava estragada; o ponteiro se movia como o que indica os segundos em um relógio, e eu custava a acreditar que meu peso pudesse variar daquela maneira. Fui ao centro, em busca de uma relojoaria. O tipo que me atendeu usava lentes muito grossas, de fundo de garrafa. Ao sair fui a um bar, pedi uma bebida e sentei para beber encostado em uma janela, para olhar as pessoas que passavam. Todas estavam com caras tristes, então fui procurar um museu onde pudesse ver quadros de Modigliani. Quando cheguei, tinha uma vernissage de outro pintor, muito ruim. Então fui chamar a polícia. Chegaram e confiscaram tudo antes do cantar do galo. Orgulhoso por ter feito a coisa certa, quis me recompensar indo a um aviário. Estavam todos fechados e, olhando as placas, não encontrei nenhum que estivesse de plantão. Então entrei em um supermercado onde pude ver numerosas galinhas e frangos, mas, desgraçadamente, nenhum macho adulto da espécie. Me conformei olhando adultos humanos, que perambulavam entre as gôndolas empurrando carrinhos que guinchavam como ratazanas encurraladas ou periquitos que cantam alegremente. Tinha dois caminhos a seguir: dirigir-me a um lixão próximo da minha residência, onde abundavam aqueles sarcásticos roedores, ou visitar minha tia, que tinha um simpático canário. Quando cheguei, fiquei sabendo da triste notícia: minha tia tinha perdido o canário jogando cartas com suas amigas. Perguntei o endereço da que ganhou, mas ela me disse "tenho um cardeal que ganhei na rodada seguinte, quer vê-lo?". Eu disse que não. Tinha algo urgente a fazer. Fui à igreja mais próxima e pedi que marcassem uma audiência com o bispo local, primeiro passo para viajar para onde estivesse o cardeal com jurisdição sobre aquela zona. Quando o padre me perguntou para que queria ver o cardeal, não soube o que responder e, sentando no chão com as pernas cruzadas em posição de lótus, mergulhei na mais profunda meditação, da qual o eclesiástico me tirou argumentando que aquele não era um lugar para cultos pagãos. Eu queria ir embora, mas a torção das minhas pernas era tão intricada que não conseguia me levantar; tinham se enroscado na forma do nó que os homens do mar chamam "margarida". Supliquei ao padre que saísse em busca de uma floricultura. Ele concordou de bom grado, mas antes de ir me colocou, assim como estava, na porta da igreja, com ordens para pedir esmolas. Uma senhora que passava se enganou e me deu demais. Eu, desesperado para lhe dar o troco, tentei ir atrás dela mas rolei escada abaixo. A queda me desenrolou, mas, desafortunadamente, perdi o sentido. Desde então, com infatigável determinação, busco e rebusco no dicionário, sem sucesso, em que letra tenho que olhar.

HIPERATIVO

O "Pera" Chivito era uma daquelas pessoas cuja vitalidade não conhece altos e baixos. Na segunda, por exemplo, depois de passar a manhã enchendo todos os buracos do clube de golfe com bolas, tinha almoçado duas vezes: uma com três camaradas do clube, para levantar-lhes o ânimo (se não os tinha feito comer poeira, pelo menos a grama) com um churrasco e vinho suficiente para esquecer; a outra com sua esposa e filho, em uma lanchonete de comida rápida, onde aceitou todas as ofertas dos funcionários para receber um *bonus track* de batatas fritas por alguns trocados a mais. Às duas da tarde já estava tomando uísque e averiguando planos de financiamento em uma agência de viagens. Depois, foi a um cinema local e viu três filmes em sequência. Ao sair, convidou duas amigas para ir a uma confeitaria e pediu um combo em que vinha um misto quente, um sanduíche de pão branco, torradas com manteiga e geleia, doce de leite, uma bandeja de bolachas, uma porção de torta com sabor a escolher, suco de laranja e cereais. Às dez da noite, uma das amigas teve que ir embora, e "Pera" convenceu a outra a passear em um parque de diversões, e andaram na montanha russa até mais ou menos duas da manhã. Ao voltar para casa, chamou uma *baby sitter* para cuidar das crianças, acordou sua esposa e a convidou para ir a um *cyber café*, onde conversaram por *chat* com um casal tailandês até o amanhecer. Então foram descansar, mas, às nove da manhã, "Pera" já estava de pé. Saiu para experimentar seu novo *jogging*, correndo em um parque até quase meio-dia (com um pequeno intervalo de quinze minutos para jogar migalhas aos pombos). Depois jogou três partidas de paddle com o primeiro transeunte que conseguiu convencer a acompanhá-lo e à uma e meia foi comer na casa dos pais, encarregando-se pessoalmente da salada. A sobremesa foi em uma sorveteria na esquina e "Pera" não tinha terminado sua casquinha quando o frio na garganta despertou nele a vontade de esquiar, e partiu imediatamente para o aeroporto. Voou e desfrutou a neve ao máximo até a quinta-feira, e nem bem voltou à cidade, foi a um *pool*: depois de dois dias de branca intempérie selvagem, precisava dessas horas confinado. Ao chegar em casa, acordou a mulher e lhe disse "agora é a sua vez, saia a passear; divirta-se; eu fico com os pequenos". A senhora se vestiu de gala e saiu, mas ele não ficou quieto. Acordou os filhos e ofereceu-lhes um improvisado teatro de marionetes, escondido atrás do modulado, usando somente as mãos para mover umas estatuetas de porcelana às quais dava vida imitando as vozes que ouvia dos Tiny Toons na televisão. Às sete, suspendeu a apresentação, serviu o café da manhã das crianças, deu banho, vestiu e levou-as à escola. Em seguida, hospedou-se no melhor hotel da cidade só para usufruir da sauna e da *jacuzzi* até uma e meia da tarde. A essa hora, plenamente recuperado, almoçou em um restaurante no mesmo hotel, e foi fazer a digestão no cassino. Tinha o palpite de que o sete sairia três vezes seguidas e não estava errado. Só que o táxi demorou e ele só chegou na terceira. De qualquer forma, foi apostar nas corridas o que ganhou. Saiu empatado, e como ficou com vontade de ver um cavalo que corresse mais, alugou um em uma cavalariça da região e o levou a uma praia nos arredores, onde o fez levantar bastante areia. Depois, como recompensa, levou-o para se empanturrar na estância de um amigo que tinha uma plantação de aveia. Na estância, estavam na lida e ele ficou para ajudar. Ah, se todos tivéssemos a vitalidade de "Pera" Chivito!

HISTÓRIA ANTIGA

— Não insistas — disse Josefina ao telefone. — Não dá mais. Acabou.

— Preciso ver-te — implorou Julián. — Há coisas que não sabes. Não tens todos os elementos para fazer um julgamento definitivo. Dá-me nem que seja uma oportunidade de falar.

— Não posso. É inútil. Além de que não daria tempo. Amanhã tenho uma prova.

— Estudas demais. Foi isso que destruiu nossa relação.

— Pode ser, mas eu não me arrependo. Quanto mais estudo, mais me dou conta de que o que temos não pode continuar. Já é história antiga.

Julián desligou, e Josefina se concentrou no estudo. Mas, em seguida, soou a campainha, era Julián. Entrou, invasivo.

— Vai embora, Julián. Não percas tempo. Não vais conseguir nada — disse ela, sem perder a calma.

Julián quis beijá-la, ela não o rejeitou.

— Então — ele perguntou —, ainda pensas que o que temos é história antiga?

Josefina não lhe respondeu. Pôs-se a folhear um volumoso livro.

— Te fiz uma pergunta — insistiu ele.

— Shhht — Josefina fez um gesto para que ele esperasse um momento. Passou várias páginas do livro até que, aberto em um certo lugar, entregou-o a Julián e disse-lhe para ler. Ele, intrigado, primeiro olhou a capa. O título do livro era A formação do império assírio. Ele leu a página indicada por Josefina e, ao terminar, desanimado, disse:

— Então é verdade. Perdoa-me. Não sabia.

E sem pedir sequer um beijo de adeus, retirou-se, derrotado.

QUEM É QUEM

Desde que, em nosso planeta, as pessoas começaram a proliferar e foram se tornando cada vez mais estranhas e desconhecidas para todas as outras pessoas exceto seus familiares próximos (falo daqueles que estão próximos em certo momento, mesmo que depois virem a cara e finjam que não lembram de ti), foi se tornando cada vez mais necessário estabelecer mecanismos de identificação e classificação. Muitos países optaram por atribuir um número estampado em um documento para cada ser humano. Outros preferiram repartir nomes, confiando na memória e na boa fé de seus portadores, presumindo que não vão ficar mudando todos os dias. Mas, além das amnésias esporádicas e dos casos de falsificação deliberada, as pessoas, talvez por estarem constantemente cercadas por outras pessoas, começaram a sofrer crises de identidade. Para enfrentar essa situação, a primeira providência que se tomou foi gravar em uma porta a máxima "conhece-te a ti mesmo", e, por alguns séculos, foi o suficiente. Mas depois a coisa se agravou e as pessoas sequer entendiam que pessoa representava o pronome "ti". Um grupo de especialistas deu um segundo passo publicando periodicamente uma revista chamada Uno Mismo, mas não serviu de muita coisa. Ninguém entendia bem de quem se falava, nem se esse alguém era sempre o mesmo ou se era outro, ou se não era um, mas vários; enfim, a confusão era lógica porque se originava na iniludível circunstância de que a revista, por mais que falasse de um, para poder financiar-se, tinha que se vender a milhares de pessoas. E por mais que fomentasse nos editoriais a irmandade e a solidariedade, isso não era suficiente para que esses milhares de indivíduos se considerassem apenas um. Esse reducionismo funcionou a duras penas com os deuses, quando os hebreus decretaram que só havia um. Mas o erro deles não estava em interpretar isso como se todos os deuses de todos os povos antigos fossem de fato o mesmo, mas em reconhecer apenas o deles e negar todos os outros. É por isso que, após a reforma cristã, os outros deuses, que foram declarados ilegais mas que ainda pulsavam no coração das pessoas, reapareceram sub-repticiamente, adotando o engenhoso status de "santos". A religião judaico-cristão também se conciliou com a greco-romana desse modo, mudando somente a nomenclatura, assim, ao invés de haver um deus de tal coisa e um deus de tal outra, houve patronos. Patronos disso, patronos daquilo. O que nunca se divulgou foi a tabela de equivalências, como os romanos tinham feito antes, publicando o primeiro livro da História, chamado "Quem é quem", que dizia, por exemplo, que Apolo é Febo, Vênus é Afrodite, Minerva é Atena, etc. E seguindo esse exemplo, em uma nova tentativa de esclarecer o emaranhado não de deuses, mas de seres humanos, adotou-se a prática de publicar volumes intitulados "Quem é quem", nos quais todos poderiam finalmente e definitivamente se encontrar. Assim, ficamos sabendo, por exemplo, que Batman é Bruce Wayne, que Superman é Clark Kent, que Cassius Clay é Muhammad Ali, que Prince é (...), que Bill Gates é o Anticristo (essa informação só se encontra em um anexo que circula na Internet, mas já foi anunciada sua inclusão na próxima edição do livro).

OS FILHOS DE PAPAI NOEL

— Não é possível que todos os anos aconteça a mesma coisa! — protestou o pequeno Renán. Vais pelo mundo com essas bolsas cheias de brinquedos para distribuir, e para nós não deixas nada!

— Não posso agir de outra forma, meu filho — respondeu Papai Noel, carregando seu trenó. Todos sabem que, em casa de ferreiro, o espeto é de pau.

— Mas por que, por que temos que esperar até o Dia de Reis para receber algum presente? — disse Trinity, o filho mais novo.

— Tenho certeza de que os filhos dos reis não ganham nada de seus pais. Se não fosse por mim, eles também ficam sem nada.

— E os filhos da Madre Teresa de Calcutá?

— Passam fome, sem dúvida.

— E os de Mike Tyson?

— Não sabem lutar. Qualquer um ganharia deles.

— E os de Claudia Schiffer? — perguntou Renán.

— São mais feios que bater em Deus.

— E os filhos de Deus? — perguntou Trinity, exaltado. Todos somos filhos de Deus.

— Sim — respondeu Papai Noel enquanto passava um paninho nos chifres das renas –. Por isso nenhum de nós tem atributos divinos. Por isso somos mortais, por isso somos defeituosos.

— Isso não está certo — disse Renán, que fazia um boneco de neve na forma de Jesus, o Redentor –. Não bate com as leis da genética.

— Mendel não teve filhos — observou Papai Noel. Talvez se ele tivesse dado o exemplo, tudo teria sido diferente.

E, subindo no trenó, foi cumprir seu dever, descendo em direção às nuvens que se iluminavam com o clarão de milhões de fogos de artifício[38].

---

38. Esclarecimento sobre os nomes: Renán se chamava assim devido à extraordinária semelhança com uma das renas que puxavam o trenó (e isso não deve levar a maliciosas suspeitas, já que toda vez que o Papai Noel se ausentava, a rena ia com ele); e Trinity não tinha esse nome por causa da Santíssima Trindade nem pelo personagem tantas vezes representado por Terence Hill junto a Bud Spencer, mas por sua extraordinária semelhança com o trenó (e isso não deve levar a maliciosas suspeitas, já que toda vez que o Papai Noel se ausentava, o trenó ia com ele).

RECONHECIMENTO DE FIRMA

Tanta especulação sobre os nomes de Deus, tanta cabala... Tantas condenações inúteis dos que pronunciaram em vão um nome errado... até que, por fim, "Deus" decidiu sair de seu ostracismo nominal. Naquela noite apareceu, perfeitamente visível de quase todos os hemisférios da Terra e traçada no firmamento com poeira estelar, a assinatura do Altíssimo. Alguns sábios dizem que a decifraram. Outros aguardam, angustiados, que apareça o reconhecimento de firma.

SATORI[39]

— Portanto, podemos afirmar — disse o conferencista, com entusiasmo — que o comunismo fracassou. Não é uma forma válida de organização social.

— No entanto, em alguns pequenos países ainda acontece... — começou a dizer um da fileira do fundo, mas foi interrompido com veemência pelo conferencista:

— Nenhum processo histórico pode se dar de modo tão categórico e uniforme em todo o globo. É natural que, em alguns lugares, as coisas aconteçam em tempos distintos. Mas, a longo prazo, a economia de mercado e o capitalismo também reinarão nesses países.

— Reinarão, professor? — perguntou atônita uma espectadora da primeira fila.

— Bem, não — respondeu ele, sorrindo com desdém. Mas constituirão, sem dúvida, o modelo que será promovido pelo presidente eleito nesses lugares. O capitalismo

39. Segundo o dicionário budista de Bhikkhu Saddhamanda, essa palavra japonesa significa "eclosão intuitiva que implica na iluminação em suas diversas gradações, até chegar à Iluminação".

não é um regime perfeito, mas é o único capaz de se sustentar atualmente.

— E por isso devemos apoia-lo? — perguntou o do fundo. Só porque é capaz de se sustentar? O capitalismo é uma porcaria. Nos dois séculos em que controla o mundo, multiplicou a pobreza por todos os lados, menos, talvez, na Escandinávia, ou em dois ou três lugarzinhos perdidos por aí. Mas logo vai sobrar pra eles também. Nenhum processo histórico se dá de modo uniforme por toda parte.

— É verdade — disse o conferencista, pensativo. O capitalismo também não funcionou. Não soluciona os problemas das pessoas. Pelo contrário: cria mais. Meu erro foi pensar que um sistema capaz de se perpetuar seria melhor que um sistema efêmero.

— Claro — apoiou o outro. Esse é o erro que muita gente comete. É o modo triunfalista de pensar. O que ganha é o bom.

— Vão embora — o conferencista, com lágrimas nos olhos, fez um gesto para que a audiência se retirasse. Tenho muito em que pensar. Quero ficar sozinho.

O JANTAR DE MAMBERTO

Era impressionante como as ondas evanescentes do vinho impregnavam a cabeça de Mamberto com o suco de uma fruta metálica, herdada por acaso de uma árvore obscura.

Por engano, o saleiro estava cheio de açúcar, e o saco de lixo continha apenas manganês.

Sobre a toalha de mesa, as migalhas de carne disputavam o único lugar disponível (além da parte úmida do porta-guardanapos de papelão).

O sal, lambuzado de tinta, também absorvia todo tipo de baratas, grãos de mostarda, flores de papel, cones, candelabros e outras velharias.

A iluminação da varanda vinha de um corredor que também levava à cozinha, ao banheiro, aos dormitórios, ao quarto de serviço, ao estábulo, ao galinheiro e ao chiqueiro. E consistia em uma lâmpada de quarenta watts protegida por uma tela inflável de tecido conjuntivo.

A mesa se sustentava sob quatro patas de cabra, e da parte externa da geladeira (esmaltada com malte autêntico), um bode a olhava sem esconder o desejo de engendrar com ela um cabrito que talvez pudesse ser posteriormente oferecido em sacrifício a Deus por Abraão ou algum de seus comparsas.

Os dedos inchados de Mamberto, trabalhador da construção civil, lutavam com dificuldade para pegar um palito de queijo, pois era de queijo cremoso, e estava decidido a untar uma tartaruga que caminhava em um tanque no teto. Talvez quisesse ser uma torrada ou massa de panqueca.

Uma imitação de vinagre pingava do sapato de Mamberto até a travessa onde uma salada de nabos, pepinos e cominhos mantinha com o bife à milanesa do prato ao lado uma disputa pela posse de uma rodela de limão manchada pela fuligem de uma das quatros chaminés. As outras três tinham ficado enterradas em densos aglomerados de neve carbônica quando alguém — talvez Mamberto — viu nelas possíveis focos de incêndios.

No entanto, outro incêndio começou, não nelas, mas em uma tigela de cítricos que Mamberto tinha diante de si. O comensal, decidido, mas assustado, correu até a geladeira e tirou, de uma espécie de arquivo que havia em seu interior, um grande alho-poró, e arrancando-lhe uma folha, usou-a para voltar ao incêndio e amarrá-lo.

Quando o teve completamente sob seu controle, vomitou nele o que havia comido.

ÁRVORE

Demián Mendía era, mais que um homem, uma árvore. Firmemente enraizado nas tradições de sua família, tinha desenvolvido, como seu pai, uma fixação pelo dinheiro e, como sua mãe, por todo tipo de mercadorias intercambiáveis por ele.

Sua fixação por dinheiro tinha duas grandes vertentes: o gosto pela moeda nacional e o apetite pela moeda estrangeira. E as mercadorias a que era afeito poderiam ser classificadas em três grandes grupos: bens de consumo direto, máquinas e itens de colecionador.

O gosto que Demián tinha pela moeda nacional se manifestava em dois tipos diferentes de atividade: o estoque e o gasto. O estoque se ramificava também, ocupando várias contas de banco, um baú, um cofre e um buraco no jardim. O gasto era dividido entre a compra de mercadorias e investimentos destinados a aumentar o estoque de moedas. O destino da moeda estrangeira era análogo, com a diferença de que a parte que guardava em sua casa não estava no jardim, mas no colchão.

Quanto aos bens de consumo direto, Demián Mendía comprava de três tipos: alimentos, roupas e diversão. A aquisição de máquinas tinha, por sua vez, quatro ramos: escavadeiras, aceleradores de partículas, impressoras e disjuntores de alta tensão. No que diz respeito aos itens de colecionador, Demián era aficionado pela arte suméria, pelas revistas mexicanas de histórias em quadrinhos da década de sessenta e pelas latas de refrigerante.

Em relação às contas de banco, tinha seis, mas as leis vigentes sobre o sigilo bancário impedem sua divulgação no presente documento. No que se refere aos investimentos, não há problema em revelar que Mendía financiava projetos de reflorestamento e que praticava a agiotagem. E que o colchão no qual guardava parte de seu dinheiro era feito de estopa.

Três tipos de alimentos afluíam para seu sistema digestivo: frutas secas, carnes brancas e frutas vermelhas. E o guarda-roupas de Demián tinha três ramificações: uma para a roupa de cama, outra que dava acesso à roupa de vestir, e uma terceira que dava literalmente ramos, folhas, flores e frutas, já que a madeira de que era feito o guarda-roupas se mantinha fresca. No que diz respeito às formas de diversão, pode-se agrupá-las em quatro tipos de atividade: máquinas caça-níqueis, bricolagem, apicultura e obras de caridade. Dos aceleradores de partículas que comprava, alguns eram para múons, outros para glúons, e um terceiro para quarks de beleza. Entre as latas de refrigerantes, só lhe interessavam as de sabores cítricos, e na coleção de arte suméria, apesar dos extenuantes esforços diários de Demián Mendía, desgraçadamente, não constava nenhuma peça. Talvez a ramificação mais exuberante das fixações de Demián era a que tinha pelas revistas mexicanas de histórias em quadrinhos da década de sessenta.

Tinha revistas de Gene Autry, de Chiquilladas, de Titanes Planetarios, de Vidas Ejemplares, de Roy Rogers, de Aventura, de Domingos Alegres, de Hopalong Cassidy, e estava quase completando sua coleção de Periquita quando um dos disjuntores de alta tensão falhou, provocando-lhe quatro tipos de morte: por eletrocução, por parada cardíaca, por envenenamento (o calor ferveu a tinta de uma impressora, que esguichou em seu nariz) e por asfixia (o combustível das escavadeiras queimou e consumiu todo o oxigênio da residência).

Demián Mendía foi enterrado, ou talvez seja mais apropriado dizer que foi semeado, já que, a qualquer momento, germinará.

TRIÂNGULOS

Com Rosa, podemos dizer que nosso matrimônio começou a agonizar praticamente no momento em que nos casamos. E seguimos vivendo juntos, inclusive, bastante tempo depois de ele estar totalmente morto. Mas fizemos para ele um funeral decente. Não convidamos ninguém. Foi uma cerimônia privada, no jardim de casa, sem muito alarde; para nós, no entanto, tinha um significado profundo. O buraco onde o enterramos também era bastante profundo. Nós o havíamos cavado, sem admitir, durante anos, iludindo-nos de que estávamos fazendo isso para plantar uma palmeira.

Pouco tempo depois, em um acidente automobilístico, faleceram nossos vizinhos, Julián e Anabela. Estavam casados há apenas dois anos, e seu matrimônio, por sorte, não morreu no acidente. Entretanto, depois do enterro (que foi muito divulgado; praticamente todo o bairro recebeu convites), foi expulso da casa, colocada à venda pelos tios de Julián e pelos primos de Anabela. O matrimônio, então, veio morar conosco. Tínhamos lugar, já que o nosso tinha partido para sempre.

Nos primeiros tempos, a convivência foi pacífica e até bastante agradável. Ele não se metia conosco nem nos dizia como tínhamos que viver. Seu temperamento era alegre e jovial, e não demorou a superar a tristeza pela morte dos cônjuges. Eu, sobretudo, me dava bastante bem com ele. Rosa não lhe dava muita atenção; estava ocupada com outra coisa: tinha começado a sair com Joaquín, um colega de trabalho que a cortejava há anos, e a coisa estava ficando séria. Os problemas começaram quando o matrimônio, nosso hóspede, se apaixonou pelo namoro de Rosa com Joaquín. O esperava com flores todos os dias, e Rosa ficava furiosa. Tirava as flores dele e jogava no lixo. Joaquín não entendia bem o que estava acontecendo. Acreditava que era eu que presenteava Rosa com flores, como parte de um plano de reconciliação. Uma vez me encarou e recitou suas melhores ameaças de namorado ciumento. Tentei salvar a situação com um jogo de palavras: disse-lhe que presentear Rosa com flores me parecia redundante, e que eu jamais teria me permitido fazer isso. Em todo caso, presentearia com um vaso, ou com uma abelha. Joaquín não se conformou. Começou a nos vigiar, a Rosa e a mim, de modo que descuidou do namoro e este acabou por ceder às persistentes propostas que nosso matrimônio fazia. (Bah, não era nosso, mas a essa altura já tínhamos nos apegado bastante a ele, e o considerávamos parte da nossa família.)

Rosa, a princípio, não gostou quando seu namoro começou uma relação com o matrimônio. Mas depois se deu conta de que isso não tinha por que afetar sua vida sentimental: ela não estava apaixonada pelo namoro, estava apaixonada por Joaquín. Ainda assim, vendo-o tão obcecado e enredado naquela teia de ciúmes infundados, o deixou.

O namoro, então, ficou livre, e sua relação com o matrimônio foi oficializada. Os dois vieram nos dizer, um dia, que iam morar juntos. Não havendo figura jurídica que servisse como marco legal para essa união, tiveram que recorrer ao concubinato. Este os recebeu com certa cautela, porque desconfiava dos vínculos formais, mas quando percebeu que eram motivados por sentimentos autênticos, aceitou-os e foi viver com eles. Joaquín, Rosa e eu ficamos olhando um para a cara do outro sem saber o que pensar, como três macacos de espécies diferentes recém caídos de suas respectivas palmeiras. Cabe destacar que essas palmeiras, caso realmente fizessem parte daquela situação, não só no sentido figurado, também seriam de três tipos diferentes: palmeira-das-canárias (Phoenix canariensis), planta arbórea de tronco cilíndrico, folhas marrons, pinadas, e frutos insípidos, de uso ornamental; tamareira (P. dactylifera), árvore dióica de grande altura e fruto muito doce e comestível, e cujo estipe (do qual se extrai um látex açucarado que, quando fermentado, produz uma popular bebida alcoólica, o leghbí) é usado como material de construção; e tamareira-de-Creta (P. theophrasti), árvore com folhas de uns quatro metros de comprimento, frutos secos e ingratos.

PLATERO E TU

(transposição para a 2ª pessoa de alguns fragmentos de Platero e eu, de Juan Ramón Jiménez)

Platero é pequeno, peludo, macio; se o deixas solto ele vai ao campo. Se o chamas docemente, "Platero?", vem a ti com um trotezinho alegre em que parece rir, não sabes em que tilintar imaginário...

Todo de preto, com tua barba nazarena e teu pequeno chapéu negro, decerto apresentas um aspecto incomum cavalgando na maciez cinzenta de Platero. Quando, a caminho dos parreirais, cruzas as últimas ruas, os ciganinhos, sujos e cabeludos, correm atrás de vocês, gritando ruidosamente:

— O louco! O louco! O louco!

Entrando no potreiro dos cavalos, Platero começou a mancar. Com a maior solicitude, viraste-lhe a pata para cima e olhaste a ranilha ensanguentada. Um longo e verde espinho de laranjeira, como um fino estilete de esmeralda, estava cravado nela. Penalizado do sofrimento de Platero, arrancaste o espinho; e levaste o pobre ao arroio dos lírios amarelos, para que a água corrente lhe lambesse a ferida.

Quando, ao meio-dia, foste ver Platero, um transparente raio de sol das doze horas lançava um lunar de ouro sobre o prateado macio de seu lombo. Diana, que estava estendida junto às patas de Platero, correu até ti, bailarina, e pôs suas patas em teu peito, querendo lamber tua boca com sua língua cor-de-rosa. Empoleirada no mais alto da cocheira, a cabra olhava-te curiosa, inclinando a fina cabeça de um lado para o outro, com uma feminina graça. Entretanto, Platero, que, antes de entrares, já havia te saudado com um demorado zurro, queria arrebentar a soga, firme e alegre ao mesmo tempo.

Chamou tua atenção, perdido entre as flores da vereda, um passarinho banhado de sol que, na grama úmida e verde, procurava desprender o colorido voo. Se aproximaram devagar, tu adiante, Platero atrás. Havia ali um córrego fresco e ensombrado, onde uns garotos armaram, traiçoeiramente, uma rede para apanhar pássaros. Montaste em Platero e, cutucando-o com as pernas, subiram, num trote ligeiro, ao pinheiral. Chegando, sob a copa das árvores ensombrada e frondosa, bateste palmas, cantaste, gritaste.

Platero, contagiado, zurrava uma e outra vez, rudemente. Os pássaros se foram a outro pinheiral, cantando. Platero, entre os distantes impropérios menininhos violentos, roçava sua cabeçona peluda contra o teu coração, agradecendo-te, até machucar-te o peito.

Caía a tarde de abril. Vinham os dois, carregados, dos matos: Platero, de manjerona; tu, de lírios amarelos. Tudo que era cristal de ouro no poente era agora cristal de prata, uma alegoria, suave e luminosa, de açucenas de cristal. Vinhas triste…

— Alma minha, lírio na sombra! — disseste.

E logo pensaste em Platero, que, embora cavalgado por ti, de ti se havia esquecido, como se fosse teu corpo.

Platero te carrega disposto, ágil e disposto. Parece que nem sente teu peso. Sobem a colina como se a descessem. De repente, Platero ergue as orelhas e dilata as ventas, franzindo-as até os olhos e deixando à mostra as gengivas e os grandes dentes amarelos. Sim. Lá está, na outra coxilha, delgada e cinza contra o céu azul, a amada.

Tiveste que contrariar os instintos amorosos de teu pobre Platero. A bela noiva do campo assiste à sua passagem, triste como ele, com seus grandes olhos de azeviche cheinhos de imagens... E Platero trota, indócil, tentando voltar-se a cada instante, e com um protesto no seu refreado trotezinho miúdo:

— Parece mentira, parece mentira, parece mentira...

JUDÁ ASTRÁGALO IVANOV

Era noite, e um astro desconhecido assomava entre as ondas de um mar inquieto. Um barco, desses que se encarregam de descarregar no mar o lixo das cidades, navegava sigiloso a escassos centímetros da costa quando, de umas rochas, um banhista repreendeu com voz estentórea a tripulação. Chamou aquela gente de "canalhas" e qualificou o substantivo com não menos de mil adjetivos. Depois, mais tranquilo, sentou e se pôs a comer de umas marmitas que tinha levado para alegrar seu piquenique noturno. Tinha trabalhado muito durante o dia, e necessitava repor energias. Da água, um grupo de nadadores olhou para ele com inveja e, sem abandonar a água, cotejou diferentes teorias que explicariam aquele comportamento. Alguns dos integrantes do grupo, no calor da discussão, perdiam o controle dos movimentos e se afogavam. O comensal, sem prestar muita atenção neles, mastigava com ferocidade os alimentos enquanto sentia na cara as gotas que o choque das ondas contra as rochas projetava sobre a terra firme. Fazia frio, e o indivíduo não era capaz de metabolizar essa comida com rapidez suficiente para gerar o calor de que necessitava. Sua pele escamosa se arrepiou e ele começou a tiritar. Essa resposta automática do organismo encheu-o de orgulho, e isso o inflamou de tal maneira que o tremor cessou, dando lugar a uma caudalosa transpiração. O sujeito era um digno representante da espécie humana, com todos os avanços técnicos esperados desse tipo de organismo quando se compara com outros de fabricação mais antiga, como os piolhos do mar que apareciam e logo sumiam nos interstícios daquelas rochas cobertas de musgo e sangue de galinhas e outros animais sacrificados em rituais esporádicos praticados por devotos de seitas satânicas.

Quando acabou de comer, se pôs a fazer ginástica, seguindo regras aprendidas em árduas sessões de aeróbica impostas por seus pais, que eram atletas consumados e tinham feito experimentos com ele desde a mais tenra idade, comprovando a eficácia de novos exercícios a fim de avaliar se serviam para ser incorporados às práticas pelas quais seus alunos pagavam mês a mês, semana a semana. Judá Astrágalo Ivanov, assim se chamava o párvulo de então, tinha aprendido a odiar seus pais, mas seu amor, a princípio órfão, com os anos voltou-se às próprias evoluções ginásticas. Gostava particularmente de fazer flexões até não poder mais e depois arrastar-se pelo chão, fugindo dos pais imaginários que o agarravam, massacravam e submetiam-no a práticas sexuais que sua imaturidade emocional jamais lhe permitiria compreender totalmente. Por isso, Judá tinha aprendido a desfrutar do roçar do seu tórax em todo tipo de superfícies, lisas ou rugosas, e rastejar sobre aquelas rochas amaciadas pela maré durante milhões de anos era para ele uma verdadeira brincadeira de criança; uma brincadeira de criança maltratada pelos pais.

Um marinheiro gritou por uma escotilha do navio do lixo:

— Ô, gordinho!

Judá Astrágalo sentiu-se interpelado, mas não era muito sociável e escondeu-se atrás de uma rocha. O outro saltou na água e com menos de meia braçada alcançou a margem.

— Estamos com descontos! Suba a bordo e faça nosso curso intensivo de reciclagem ambiental! — anunciou o marinheiro, sem ver o interlocutor mas pressupondo sua proximidade.

Quatro piolhos do mar atacaram simultaneamente Judá em seu esconderijo, e ele se viu obrigado a aparecer.

— Saia daqui, papai — disse. Em sua doença, confundia todos os homens com seu pai e todas as mulheres com sua tia Renée.

— Podes pagar pelas aulas limpando o convés três vezes por semana — insistiu o outro. E comer grátis em nossa cantina. Não se cobra pelos talheres. Hoje serviremos pizza de anchovas. Além de saborosa, é uma comida vistosa. Comerás com os olhos. Logo perceberás que não há sequer necessidade de mastigar.

Uma anciã surgiu na escotilha do barco.

— Volta, Gregorio! — exclamou. Está na hora da sua oração!

Judá o acompanhou, e, minutos depois, estavam em alto mar, recitando textos dos exemplares de um livrinho que a anciã havia entregado a cada um deles. O tema das preces era, nessa ocasião, o controle, a contenção, a mesura, a calma, a serenidade necessárias para enfrentar as duras provas que aquela religião impunha a seus fiéis. Judá, em certo momento, interrompeu suas orações para dizer que estava com fome, e a anciã lhe trouxe um prato de berinjelas em chamas. Ele cuspiu sobre elas para apagar o fogo, mas depois sentiu nojo de sua ação (ou talvez do resultado dela) e não quis comer. "Farei setenta horas de jejum", disse a si mesmo, e comunicou isso tanto ao marinheiro quanto à anciã, utilizando idiomas diferentes para cada um.

Ao terminar a reza, o marinheiro abaixou a cabeça e esticou os braços, passando-os por trás das costas até tocar o ombro esquerdo com a mão direita, como exigia o ritual. Naquela religião, quem conseguia fazer isso movido por uma fé autêntica, conseguia emitir uma fugaz mas muito brilhante centelha. O marinheiro jamais tinha visto seus esforços coroados por essa luz, mas Judá conseguiu, na primeira tentativa! A anciã, furiosa, levou-o até o convés e o jogou no mar, com centelha e tudo. O marinheiro, sem entender essa atitude, mas motivado por ela, pegou a anciã e a jogou na água. Depois, com o espírito sereno, foi dormir em sua cabine.

Ao acordar, fez suas orações da manhã mesmo que o astro que se via a uns trinta graus acima do horizonte não se parecesse em nada com o sol. Tinha o cabelo um pouco mais longo e era menos rechonchudo. O marinheiro, sem se preocupar muito com isso, foi fazer o desjejum. Encontrou o contramestre tentando cortar um pão com geleia de marmelo em forma de paralelepípedo. Um grumete, sentado no chão, rabiscava correções em uma carta náutica.

O barco tinha uma sacada, o marinheiro levou para lá o café com leite. A maré fez que derramasse quase tudo, e Jonatán — assim se chamava o marinheiro — teve que voltar à cozinha para preparar outro. Observou que o contramestre, seguramente de forma não intencional, havia cortado um braço e sangrava copiosamente. O grumete tratava de conter o fluxo fazendo um torniquete com a carta náutica.

— É preciso levá-lo à praia — disse o marinheiro. Lá será devidamente atendido por algum salva-vidas.

Assim fizeram, e, poucas horas depois, desembarcaram. Estava chovendo muito, por isso voltaram a embarcar e utilizaram o barco para chegar à terra firme. Encontraram alguns salva-vidas, mas estavam mortos. O contramestre seguia perdendo sangue, e a carta náutica já estava ilegível. Para levantar os ânimos, o marinheiro foi até a cozinha e preparou mais café. Então ouviu os protestos do médico de bordo, que tinha despertado, ainda que geralmente dormisse até às duas da tarde.

— Por que não me chamaram antes! — gritava. Supõe-se que estou aqui para isso!

O médico solucionou rapidamente os problemas do contramestre e logo estava tudo pronto para continuar a travessia que — apesar da deterioração da carta náutica — havia de conduzir toda essa gente às ilhas Fiji, à Dinamarca e a Calcutá. Mas eles preferiram dar um passeio pela zona portuária local. O astro desconhecido, que agora estava no zênite, fazia caretas.

Os homens entraram em uma obscura taverna onde se oferecia, completamente grátis, pudim caseiro. Pediram cerveja para acompanhar, mas só havia águas passadas. Foram servidos por uma garçonete de cérebro protuberante que os mirava com olhos de coruja. Vestia um "biquíni" florido porque o pudim era do tipo "arenoso", e a casa queria que os clientes associassem sua consistência às areias de um balneário, não a cimento ou à areia dos circos romanos. Não era possível ver nenhuma das flores do "biquíni" completa, devido às reduzidas dimensões da peça.

De repente, o contramestre foi tomado por convulsões espantosas, que o faziam piscar em ritmo acelerado.

— Fizeste mal teu trabalho! — gritou o grumete, sacudindo com fúria o médico. Vê como está teu paciente! Não se recuperou!

O médico puxou uma adaga e cortou-lhe a cara. O grumete soltou um bramido monstruoso e se pôs a comer o que restava do pudim com uma voracidade bestial. Mais tarde, os quatro, satisfeitos, foram dormir em um hotel.

Enquanto isso, no mar, Judá Astrágalo Ivanov e a anciã tinham feito as pazes e uniam esforços para não perecer sob as águas. De vez em quando também faziam amor enquanto sussurravam no ouvido um do outro não frases e palavras ternas nem amorosas, mas obscenidades da pior espécie.

Por volta da uma da manhã, o gerente do hotel entrou no quarto onde o médico, o grumete e Jonatán dormiam, e começou a açoitar os três corpos com um chicote bem curtinho, mas poderoso, que os marcou com riscos que não formavam palavras nem letras pertencentes a qualquer sistema de escritura. Não obstante, o homem parecia regozijar-se intensamente com isso. O grumete e o médico, despertados pelas chicotadas, sentiram-se culpados por algo que não conseguiam definir, mas pelo que, seguramente, mereciam ser castigados. Jonatán, por sua vez, não despertou, e as chicotadas não provocaram qualquer perturbação visível em seu sono. Quando viu, na manhã seguinte, as marcas em seu corpo, e porque isso o pegou de surpresa, ficou horrorizado e, congelado pelo medo, não se atreveu a jurar vingança ao responsável por suas feridas.

Enquanto isso, Judá e a anciã haviam sido resgatados das águas por um agente especial que, depois de tê-los revistado para se certificar de que não portavam armas, conduziu-os a um hidroavião graças ao qual, atravessando nuvens ridículas e insignificantes, chegaram à antessala de um templo situado numa ilha de solo incerto e pulsante, coberto por um fluido de consistência similar à da saliva. No templo, aparentemente, se celebrava a cerimônia de um culto totalmente alheio à religião da anciã, motivo pelo qual ela se absteve de participar. Ao vê-la, um milhão de fiéis, rodearam-na com a intenção de despedaçá-la, mas Judá Astrágalo Ivanov a defendeu. Colocou-se, rápido como a morte, entre ela e os agressores, entrando em choque com eles. O agente especial, que havia entrado com ele e portava armas, disparou contra a turba e suas balas atravessaram os corpos sem sofrerem maiores danos, mas inflingindo-os, isso sim, a eles. O sacerdote que oficiava o rito conseguiu fugir, refugiando-se numa catacumba próxima. Ali se viu em uma situação embaraçosa: havia um leão que rugia e parecia disposto a devorá-lo assim que finalizasse aquela demonstração de seus dotes vocais; mas a seu lado se encontrava a divina Providência, que, provavelmente — mesmo não sendo cultuada na religião que aquele sacerdote professava — tinha tanto o poder quanto a vontade de defendê-lo e livrá-lo do leão. Da catacumba se ouviam os disparos do agente especial, de forma que o sacerdote optou por não abandonar o lugar. E, contrariando seus cálculos, a divina Providência não o defendeu. Pelo contrário, quis comê-lo. Conseguiu engolir parte de um braço, mas o leão saiu em defesa do sacerdote. Não atacou fisicamente a deidade, mas conseguiu assustá-la quando, ao invés de rugir, como vinha fazendo há horas, miou.

Enquanto isso, no hotel, Jonatán tinha descido para tomar café da manhã. E uma vez iniciada essa atividade, não pôde mais parar. Com os olhos fechados engolia um bocado atrás do outro em grande velocidade, deixando a mesa coberta de asquerosas migalhas. O contramestre, quando entrou no refeitório e viu aquilo, fugiu. Jonatán foi atrás dele correndo em alta velocidade. Saíram do hotel e entraram em uma ruela que carecia de intersecções. A perseguição foi interrompida algumas vezes por causa de alguns vizinhos muito tagarelas. Um deles, de cabelo encaracolado, contou-lhes que era acrobata e fez demonstrações com uma vara que, em certo momento, inadvertidamente, bateu na cabeça do contramestre, deixando-o tonto. A essa altura, Jonatán já tinha desistido e deitou sobre os paralelepípedos. O acrobata foi, lentamente, buscar um barril de cerveja que tinha em sua casa, e o trouxe para refrescar os homens do mar. Eles beberam loucos de alegria.

— Que inteligente que és! — disseram ao acrobata.

Enquanto isso, Judá Astrágalo Ivanov e a anciã tinham conseguido apaziguar um seleto círculo de fiéis, e com eles instituíram um órgão com poder de decisão. Judá, com grande esforço, contorcera os braços até emitir uma centelha, e graça a isso o elegeram presidente do Conselho, que era como se chamava o órgão. Um de seus membros, que era major do exército local, se aproximou de cada um dos outros e sussurou-lhes no ouvido sua opinião sobre o que os anos seguintes lhes trariam. A anciã, quando ouviu isso, ficou envergonhada, mas não compartilhou isso com ninguém. Com um pedaço de pau que sustentava um painel representativo de deidades menores, começou a golpear a própria cabeça até ficar inconsciente. Judá Astrágalo Ivanov, o novo líder incontestável, recuperou o pedaço de pau e colocou-o de volta no lugar. Por esta ação, o Conselho atribui-lhe altas honrarias.

Enquanto isso acontecia, o grumete e o médico estavam no horizonte, em busca de sua embarcação. Tinha ido a pique? Os dois tremiam.

– Seja quem for que a tenha levado – disse o médico – deverá pagar por ela.

Ouviram um zumbido e, levantando a vista acima de umas falésias, viram que um helicóptero suspendia no ar, com correntes, o barco. Imprudentemente e sem contar com veículo nem asas nem sistema algum de propulsão, os dois se lançaram no ar buscando apropriar-se dele.

Não conseguiram se sustentar. Caíram em seguida e toparam com Jonatán e o contramestre, que, treinando acrobacias instigados por aquele vizinho tagarela, tinham chegado até ali.

Enquanto isso, a anciã tinha voltado a si e ficou sabendo que, por uma resolução do Conselho, era depositária da mais alta distinção eclesiástica que o culto poderia conceder. Ela recusou, porque sua religião era outra. Depois lembrou que em sua religião havia uma velha tradição segundo a qual os fiéis, em algum momento de suas vidas, deveriam trair suas crenças. Então, apoiando-se nisso, aceitou a distinção que lhe ofereciam, e a conservou pelo tempo que pôde, até que apodreceu, correndo o risco de mergulhar seu detentor em opróbrio. Judá Astrágalo Ivanov, por sua vez, no exercício de sua autoridade presidencial, entrou em retiro espiritual.

Deixou sua carne para os fiéis e levou seu espírito a uma zona afastada da costa, onde construiu uma choça rudimentar de pedra e se alimentou das partículas orgânicas que a chuva assimilava em sua passagem do céu à terra. Certa vez, sob um céu deslumbrantemente iluminado por aquele mesmo ignoto astro com o qual já estava se familiarizando (chamava-o carinhosamente de "Schreiber-Schröder"), avistou uma embarcação que não era outra que a que o médico, o contramestre, o grumete e Jonatán tinham construído para superar a falta da que tinha sido furtada. Tinha a forma de inseto. Mais do que com a velha embarcação, esta se parecia com o helicóptero que a tinha roubado. Judá Astrágalo Ivanov teve ganas de comprá-la, mas não tinha dinheiro.

OFICINA LITERÁRIA

Hoje – disse o doutor Dalesius[40], sacudindo um pequeno mas volumoso livro de bolso – vamos ver a primeira parte da "Descrição de um estado físico", de Antonin Artaud.

– Temos que tomar notas, professor? – perguntou Edith, a melhor aluna do grupo.

– Sim – respondeu ele –, mas não aqui. Para tomar notas, peço que vá ao toilette.

Edith, aplicada, saiu do salão com sua esferográfica e seu caderninho de formato clássico enfeitado com adesivos pós-modernos.

– "Uma sensação de ardor ácido nos membros" – leu o doutor para o resto da turma –, "músculos retorcidos e em carne viva, o sentimento de ser de vidro e quebrável, um medo, uma retração do movimento, e o ruído".

Um acontecimento invisível e instantâneo sacudiu a classe. Todos tinham ouvido algo que parecia a soma dos

---

40. O leitor interessado encontrará outras eletrizantes travessuras deste personagem no presente tomo (ver "Festa à fantasia" e "A orquestra do doutor Dalesius") e em outros títulos apontados na nota 1 e referidos novamente na nota 6.

gritos agudos de miríades de diminutos objetos inanimados subitamente decididos a celebrar um inspirado ritual de imolação. O doutor e todos os alunos olharam para as janelas, mas nenhum vidro tinha se quebrado. Então Susana Tavares Valverde, umas das mais antigas oficinistas do grupo, se desfez em incontáveis fragmentos menores que grãos de areia e mais ruidosos, ao cair no chão, que bolinhas de pingue-pongue.

– Busco uma vassoura, doutor? – perguntou Mascheroni, outro aluno.

– Agora não. Devemos continuar – respondeu o docente, e seguiu lendo: – "Um desenraizamento do andar, dos gestos, dos movimentos. Uma vontade perpetuamente tensionada nos gestos mais simples, a renúncia ao gesto simples, uma fadiga revulsiva e central, uma espécie de fadiga aspirante".

Berta Del Vecchio, uma estudante que estava sentada no chão, de pernas cruzadas, levantou de um salto e começou a fazer alongamentos aeróbicos das pernas e dos braços. Seu vizinho de trás, Barreiro, começou, rastejando, uma peregrinação até a parede do fundo da sala.

— "Os movimentos a recompor" — seguiu lendo Dalesius —, "uma espécie de fadiga de morte, fadiga de espírito para aplicar a mais simples tensão muscular, o gesto de agarrar, de aferrar-se inconscientemente a algo, a sustentar pela aplicação de uma vontade".

Nesse momento, Mascheroni abraçou Berta Del Vecchio com força, na altura das cadeiras, e lhe disse:

— Eu te agarro, mas sou plenamente consciente do que estou fazendo.

— E eu não estou fatigada — respondeu ela.

— "Uma fadiga de começo do mundo" — retomou o doutor —, "a sensação de carregar o próprio corpo, um sentimento de incrível fragilidade, e que se torna dor angustiante, um estado de doloroso intumescimento, uma espécie de intumescimento localizado na pele, que não impede nenhum movimento mas altera o sentimento interno de um membro, e cobra da simples posição vertical o preço de um esforço vitorioso".

Barreiro, erguendo-se do chão, aproximou-se de uma aluna de curtos cabelos cacheados chamada Delia e, mostrando-lhe um volume na parte frontal superior de suas calças, disse-lhe:

— Isto vai te custar vinte mangos.

Delia tirou umas notas do bolso e entregou a ele. O doutor Dalesius, elevando a voz, continuou sua leitura:

— "Provavelmente localizado na pele, mas sentido como a supressão radical de um membro, e não apresentando ao cérebro mais do que imagens de membros filiformes e algodoados, imagens de membros distantes e fora de lugar".

Soaram duas pancadas, aparentemente, na porta.

— Abro, professor? — perguntou um estudante chamado Roserpof.

— Talvez sejam apenas os nós dos dedos. Nós isolados — arriscou a avó Mavrakis, que assistia aos cursos como ouvinte, acompanhando seus netos Simeón e Trombosis, regularmente inscritos e com direito a diploma caso fossem aprovados no exame final com pontuação superior ou igual a zero.

— "Uma espécie de ruptura interior de todos os nervos" — seguiu Dalesius sem ter ouvido as pancadas na porta nem as perguntas e comentários de Roserpof e Mavrakis.

“Uma vertigem motora, uma espécie de deslumbramento oblíquo que acompanha todo o esforço, uma coagulação de calor que aperta toda a extensão do crânio ou o corta em pedaços, placas de calor que se deslocam”.

Um ruído muito similar ao que antecedeu à desarticulação de Susana Tavares Valverde ecoou no salão, mas desta vez todos — menos Susana, previamente desarticulada — viram que um dos vidros das janelas tinha quebrado com o impacto de uma enorme barra de gelo vinda de fora. A barra acabou dando na carteira onde se encontravam os alunos Salumón, Alba Berg e Prupeti, e derreteu formando não menos de dezesseis poças espalhadas por todo o comprimento e altura do salão.

O doutor, que protegeu o livro com uma manga do casaco para que não molhasse, prosseguiu:

— “Uma exacerbação dolorosa do crânio, uma pressão cortante dos nervos, a nuca em encarniçado sofrimento, têmporas que se vitrificam ou marmorizam, uma cabeça pisoteada por cavalos. Seria preciso falar agora da descorporização da realidade, dessa espécie de ruptura aparentemente empenhada em multiplicar a si mesma entre as coisas e o sentimento que produzem em nosso espírito, o lugar que devem ocupar”.

As últimas palavras foram ininteligíveis para a audiência, porque foram sobrepostas por um longo zurro emitido por Simeón. Que foi quem mais se surpreendeu com o próprio ato. Delia emprestou-lhe um espelhinho que tirou da bolsa e ele se olhou, descobrindo que sua cara era a de um burro, ainda que conservasse intactas as orelhas humanas.

— “Esta classificação instantânea das coisas” — seguiu Dalesius, num tom que sugeria que o que tinha lido guardava alguma relação com o sucedido com Simeón — "nas células do espírito, não tanto em suas ordem lógica quanto em sua ordem sentimental, afetiva (que não se faz mais): as coisas já não têm odor, não têm sexo. Mas sua ordem lógica às vezes também se rompe justamente por sua falta de sabor afetivo. As palavras apodrecem no chamado inconsciente do cérebro, todas as palavras, em qualquer operação mental, e sobretudo as que tocam as molas mais habituais, as mais ativas do espírito".

O doutor permaneceu em silêncio, sem tirar os olhos do livro, e o grupo de alunos o imitou, ainda que cada um fixasse o olhar em um ponto diferente do volume. A porta do salão se abriu e entrou Edith, caminhando graciosamente como uma menina que pula corda. Mostrou seu caderno aberto ao professor, que lhe disse:

— Hummmm! Muito bem, Edith! Como sempre, vais tirar a melhor nota.

A CULTURA E O CONSUMO

A poesia, a música, a gastronomia e todos os demais produtos da cultura diferem entre si, não só como objetos, mas pelo modo como são consumidos. Um óleo sobre tela, por exemplo, não se escuta. Tampouco se recita e só em raros casos se pode ler. Comê-lo é de mau gosto, e mesmo no caso de apetite excessivo se poderia aceitar a ingestão do óleo, mas não da tela. Entretanto, o que distingue as produções culturais mais tradicionalmente consideradas "artísticas" das outras é que aquelas não se esgotam quando consumidas. Uma torta, depois de ser comida, não existe mais. Pode deixar uma impressão mental, um fantasma que nos leva a crer, quando voltamos a abrir a geladeira, que a torta segue lá, porque sua presença nos dias anteriores era muito forte e não somos capazes de aceitar sua partida do mundo real com a mesma celeridade com que a mastigamos e a engolimos. Outros produtos, como um tijolo ou uma bigorna, levam mais tempo para se esgotar, mas acabam cedendo, envolvendo, talvez, várias gerações de consumidores no processo. Uma sinfonia de Bruckner, por outro lado, não se esgota nem depois de ouvida pelo avô, pelo pai, pelo filho, pelo neto, pela sobrinha, pela tia e pelo cunhado. Os que ficam esgotados são os que a escutam, mas ela não sofre a menor deterioração, como um quadro de El Greco em um museu não é corroído pelo olhar de milhares de turistas que refratam diariamente, com seus corpos e olhos, a luz que lhe dá vida. O quadro, como objeto, pode deteriorar-se, por certo, como a cópia de um filme ou como uma fita de vídeo, e ser restaurado (ou reeditada, no caso da cópia). Mas essa deterioração não se deve aos efeitos do olhar humano, mas à lei da entropia, e afeta somente o suporte material, não a obra como ente abstrato. O quadro ou o filme, nesse sentido, parece dotado de um mecanismo de proteção que, como se confrontasse o espectador que o observa, dissesse a ele o tempo todo: "que te dê em dobro, que te dê em dobro, que te dê em dobro". De qualquer forma, pouca gente se dá conta da existência desse mecanismo. Daí o avanço da nova modalidade que rege o consumo da produção cultural. A humanidade tem medo de danificar seu patrimônio artístico. As pessoas leem cada vez menos. Isso já foi observado tanto pelos letrados como pelos professores nas escolas e até pelos guardas de trânsito. Entretanto, hoje, como nunca antes, as bancas de revistas, em todas as cidades, são invadidas por coleções de grossos volumes de capa dura contendo os principais tesouros da literatura universal. Comprar livros tornou-se um hábito popular. Mas não para lê-los: para tê-los, para conservá-los. É de se esperar que a avalanche de CDs que também estão disponíveis nas bancas sejam consumidos da mesma forma: sem ser ouvidos. Eu, na modesta escala da minha própria casa, estabeleço uma medida preventiva. Meus filhos estão terminantemente proibidos de tocar não somente meus discos de música clássica, mas também os de rock nacional. Também não deixo que se aproximem da biblioteca. Se necessitam tocar em coisas de madeira, que recorram ao guarda-roupas ou ao rolo de massas. E cuido com o mesmo zelo dos programas de televisão. Respeito os que cultivam essa mídia. Lá em casa, ninguém está autorizado a olhar para a tela por mais de cinco segundos sem mudar de canal.

NOTA DOS TRADUTORES

LEIO, MAS LIA...

... com certa tranquilidade, até me deparar com esta seleção de contos feita a partir de Carta a um escritor latino-americano e outros insultos. Será que li mesmo o que li? Mas o que foi mesmo que eu li? E a pergunta que mais me preocupa: será que traduzi o que li? O leitor dirá, ou descobrirá - desconfio - que não há tradução possível para esses contos. Que cada um deles abre uma porta que abre uma janela que abre um alçapão. Caindo nele, quem acha que lê talvez passe a duvidar da própria capacidade de decodificação. É nonsense? É piada? É alucinação? É desaforo? É possível definir esses contos usando parâmetros tradicionais de análise literária? Ou seria necessário inventar uma categoria só pra eles? Ou que melhor que tentar analisá-los seria aceitar que o autor consegue abalar de forma irreversível as certezas do leitor? Eu aceito esse abalo, esse insulto, e depois da experiência de traduzir alguns desses contos acredito, sem muita convicção, que ainda leio, mas não como lia.

Fabio B. Pinto

Cuanto más leo, más lío...

Conheci Leo Maslíah em algumas de suas canções e ali mesmo descobri que, se era fácil perceber que sua criação é caótica e singular, desconcertante e irônica, erudita e louca e comezinha, igualmente evidente era a impossibilidade de adjetivá-la.

Parece, aliás, que o autor maneja essa condição de sua obra, de uma certa blindagem à tipificação.

As canções a que me refiro foram a linda Biromes y Servilletas, claro, grande descoberta de tantos brasileiros no repertório de Milton, tão inesquecível também por Jaime Roos... mas também aquela que me apresentou ao elaborado exercício de perplexidade em que mais tarde eu mergulharia, traduzindo o livro que agora temos em mãos: Fábrica de no sé qué.

Talvez seja um manifesto; talvez aí estejam ao mesmo tempo a incapacidade e a decisão de abandonar as lógicas domesticadas da produção; talvez essa seja apenas uma imagem alegórica e talvez assim seja toda a literatura de Leo. Ou a que leo e a que lemos, todos.

O "no sé qué" de Leo Maslíah "atrapa", engancha a quem não temer aquele subtítulo que me ocorreu e que o fez rir: quanto mais leio, mais enleio...

Permitam-me e permito-me, no entanto — mesmo em plena confissão das impotências para a classificação ou mesmo descrição desse autor e de sua obra — levantar e propor algumas recorrências e impressões.

A conquista da originalidade pelo clichê parece metodológica e deliberada.

Da mesma forma o texto obsessivo e uma certa opção por causar eventual desconforto, mais racional do que estético, em um leitor que pode, em um certo ponto, achá-lo maçante — e simultaneamente surpreender-se esperando e mesmo tentando adivinhar a próxima maçada, capturado por uma lógica tão inesperada e inédita quanto, talvez, viciosa ou viciante.

Finalmente e de forma articulada com esses poucos comentários, talvez se possa perceber, como aconteceu comigo (tão distante desse universo), uma recorrência da matemática na urdidura de muitos textos. O desenvolvimento sugere ou supõe fórmulas, intervalos, séries, conjuntos, constantes, padrões.

A canção que não está nesse livro, mas que tanto se escuta em suas páginas, diz "fábrica de não sei o quê. De fora, não se vê. Ouvem-se ruídos e não se sabe de quê. É uma fábrica de não sei o quê." Sim – e está a todo vapor. Entra.

Demétrio Xavier

Este livro foi composto com fonte tipográfica
Gotham 16pt e Cardo 11pt, e impresso sobre papel
Supremo 250g/m^2 na capa e papel pólen bold 90g/m^2
no miolo pela gráfica RJR, em Porto Alegre.
É outono no Sul da Terra.